KB075959

해외파견교사? 나, 이민정!

이민정

여행과 사람을 좋아하고
도전을 두려워하지 않는 수학 교사

해외파견교사? 나, 이민정!

발 행 | 2022년 6월 27일
저 자 | 이민정
개인e-mail | ibagwon1@naver.com
개인블로그 | blog.naver.com/ibagwon1
펴낸이 | 한건희
펴낸곳 | 주식회사 부크크
출판사등록 | 2014.07.15.(제2014-16호)
주 소 | 서울 금천구 가산디지털1로 119, SK트윈타워 A동 305호
전 화 | 1670 - 8316
e-mail | info@bookk.co.kr

ISBN | 979-11-372-8713-6

www.bookk.co.kr
ⓒ 이민정 2022

해외파견교사? 나, 이민정!

석양이 예쁜 나라 피지로 파견 다녀온

한 수학 교사의 이야기

이민정 지음

♪ 프롤로그

"뭐, 이렇게 많이 했어? 고작 1년 살았는데?"

 목차를 본 남편의 첫 마디였다. 나는 정말 그 1년 동안 뭔가를 많이 하고 왔을까? 분명한 것은 피지에서의 시간은 지금 떠올려도 걸어 다니던 골목과 사람들의 웃는 표정이 생생하게 기억날 만큼 참 좋았었다는 것이다.

 'Bula'는 피지에 온다면 가장 많이 들을 말일 것이다. 우리나라 말의 '안녕'과 아주 비슷하다고 생각하면 된다. '안녕'은 서로 만나거나 헤어질 때 하는 인사말이며, 아무 탈 없이 편안한 상태를 뜻하는 명사이기도 한데 'Bula'가 그 두 가지 의미를 다 가지고 있다. 피지에서는 아는 사람이 아니어도 길에서 만나는 모든 사람이 밝은 미소와 함께 'Bula'하고 서로 인사를 건넨다. 나도 이제는 미소를 지으며 크게 "불라~~"하고 모르는 사람과 만나도 인사를 할 수 있다.

 현재 나는 교사가 된 지 12년 차가 되었다. 시간이 언제 이렇게 흘러갔는지 모르게 나름대로 열심히 살아온 것 같다. 피지에 가기 직전까지의 교직 생활을 돌이켜보면 아침 일찍부터 밤까지 학교에서 살다시피 하면서 아이들과 함께 울고 웃으며 참으로 열심히 살았다. 사실 그 속에 있을 때는 보람되고 즐거웠기에 힘들면서도 "괜찮다"라고 생각하며 살아왔었는데 피지에 와서 한국에서보다는 여유로운 시간을 갖게 되면서 나의 지난 교직 생활을 돌아보게 되었고 또한, 나에 대해서도 돌아 볼 수 있었다. 이 시간 속에서 '나 그동안 조금은, 아니 조금 많이 힘들었었구나. 지쳐있었구나'하는 것을 깨달았다.

피지에서의 경험은 나를 피지 이전의 나와 피지 이후의 나로 나누는 계기가 되었다. 온전히 나에게 집중해 볼 수 있는 시간이 주어졌다는 건 정말 행운이었다. 잊지 말고 자주 이런 시간을 나에게 주어야겠다고 결심을 해본다.

국립국제교육원에서 개발도상국에 우수한 수학, 과학 교원을 파견하고 봉사 및 교육을 지원하는 사업에 자원하고 또 파견을 나오게 되기까지 내가 갖고 있던 처음 마음은 이런 것이었던 거 같다.

'해외에서 한번 살아보고 싶다'
'개발도상국의 아이들에게 내가 아는 지식으로 도움을 주고 싶다'
'한국에서의 교직 경험과 수학교육방식은 분명 도움이 될 것이다'
'영어로 가르친다는 것은 어떨까?'

평소에 여행을 좋아하다 보니 자연스럽게 영어 공부를 취미로 해왔다. 그러다 보니 외국에 단순히 여행이 아닌 삶으로 겪어보는 경험을 내 인생에 선물하고 싶다는 생각을 막연히 했었다. 사실 실제로 이렇게 실현될 줄은 몰랐지만, 이왕 파견된 거 한국에서 온 교사로서 제대로 해보고 가자는 생각을 했다.

'그래, 한번 제대로 해보자.
그런데 무엇을 어디서부터 시작해야 하지?'

처음에는 꽤 막막했었다. 어떻게 하면 작은 도움이라도 될지, 어떻게 하면 선생님들과 학생들에게 좋은 교사로서의 기억과 즐거운 추억들을 서로 남길 수 있을지를 열심히 생각하고 끊임없이 고민했다. 결론은 '항상 진심으로 대하고 열심히 가르쳐야지!'로 단순했다.

그렇게 최선을 다해 하루하루 잘 일 했고, 사람들과 잘 만났고, 잘 놀았던 나만의 해외 생활, 해외 현지 학교의 교사로서의 경험을 독자분들과 함께 나누고 싶다.

저의 해외파견을 응원해 주신 동료 교사와 지인 및 사랑하는 남편과 가족에게 감사하고, 피지에서 만난 모든 소중한 사람들에게도 감사하다. 또한, 해외파견을 지원해 준 국립국제교육원과 책을 완성하도록 도와준 부천시 일인일저 책쓰기 양성과정 3기 프로그램과 관계자분들에게도 감사한 마음을 전한다.

[피지의 마우이베이]

☀ 차례 ☀

1부

해외 파견 준비하기

All good?　All good!

석양이 예쁜 나라 피지로 파견 다녀온
한 수학 교사의 이야기

1) 해외파견? 해외봉사? 알아보기

 꼭 한번은 해외에 살아보고 싶었다. 국내와 해외여행을 많이 다녔지만, 여행이 아닌 삶으로 익숙하지 않은 곳이 익숙해지는 경험을 하고 싶었다. 그래서 해외에 살아보기 위한 여러 가지 방법을 찾아보았다. 이민이 아닌 해외 파견, 유학, 해외 봉사 등을 가고 싶다면 일단 본인이 원하는 분야로 자신을 뽑아주는 기관을 찾아야 한다. 실제로 매년 아태교육원, 국립국제교육원, APEC 국제교육협력원, 유네스코, 해외봉사(KOICA, NGO 등), 교육부 등 다양한 단체에서 인력을 모집하고 있다. 가장 좋은 방법은 각 기관의 홈페이지에 직접 방문해서 공지사항을 자주 꼼꼼히 살펴보는 것이다. 미리 작년, 재작년의 공문을 찾아보고 자격 조건에 내가 부합하도록 준비를 해 놓아야 기회가 왔을 때 바로 지원 할 수 있다. 다양한 파견 기회가 있기 때문에 파견시기, 가족의 동의, 치안 등도 고려하고, 내가 어떤 목표를 가지고 가는지도 미리 생각해두면 도움이 된다. 아래는 다양한 해외파견의 기회들을 찾아봤던 방식대로 간단히 정리해 본 것이다. 자세한 내용은 홈페이지를 직접 찾아보고 공문을 다운받아 꼼꼼히 읽어보기 바란다. 대략적인 이해를 돕기 위해 정리해 보았다.

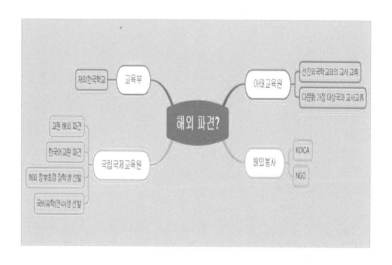

유네스코 아시아태평양 국제이해교육원 (아태교육원)

- **한국어교원 파견사업** (2020년 10월 공문 기준)

☀파견기간 : 약 5개월

☀파견국 : 키르기스스탄, 베트남, 러시아, 라오스, 불가리아

☀선발분야: 한국어교원 20명

☀지원자격 : 한국어교원 II급 자격 취득자이거나 출국 이전 자격 취득예정자로서 학사 학위 이상인 사람

- **현지학교 한국어교원 파견** (나라별로 공문이 오기도 합니다.)

  (19년 5월 공문 기준)

☀선발분야 및 인원: 우즈베키스탄 고등학교에서 한국어 및 현지

교사 대상 한국어교수법 교육을 담당할 한국어교원 9명

☀지원자격: 한국어교원 2급 자격취득자 또는 출국이전 자격 취득 예정자로서 학사 학위 이상인 자

☀파견기간: 약 10개월

교육부 국립국제교육원

- **교원 해외 파견사업** (2019년 5월 공문 기준)

☀파견기간 : 1년부터 연장 가능 (파견시기는 8월 또는 12월)

☀파견국 : 보츠와나, 우간다, 브라질, 피지 등 16개국

☀목적 : 교육봉사를 통한 개발도상국 기초교육 향상 지원

☀선발:

선발 분야	해당 과목	국가별 인원(명)	비고
초등(18명)	초등 전체	남아공(8), 보츠와나(7), 우간다(2), 브라질(1)	※ 공통 : 영어 또는 현지어 능통자
수학(5명)	중등수학	보츠와나(2), 에티오피아(1), 우간다(1), 동티모르(1)	
과학(14명)	중등과학	남아공(4), 보츠와나(1), 에티오피아(2), 우간다(1), 페루(1), 피지(4), 동티모르(1)	
ICT(11명)	정보·컴퓨터, 상업정보 등	보츠와나(2), 에티오피아(1), 우간다(2), 피지(5), 동티모르(1)	
한국어(23명)	한국어, 국어	네팔(3), 말레이시아(8), 베트남(4), 카자흐스탄(3), 키르기스스탄(1), 브라질(1), 파라과이(1), 세르비아(2)	
직업기술(5명)	미용·조리·관광	태국(5')	
퇴직자문관(4명)	–	남아공(3), 페루(1)	

해외파견교사? 나, 이민정! 17

❀지원자격 : 단신 부임 가능자, 현직교원, 예비교원(기간제포함), 퇴직교원, 퇴직교육행정가

❀우대조건(공고일 기준) 영어 또는 현지어 **공인어학성적*** 제출자

- 선진외국학교와의 교사교류 지원사업

❀파견기간 : 약 3주

❀파견국 : 독일, 캐나다

국가	독일		캐나다
선발분야	**직업교과** ※ **11개 교과**(기계공학, 전자공학, 건축, 디자인, 목공예(가구 포함), 인테리어, 섬유공학, 식품 요리영양학, 자동차, 미용, 상업) **우선 선발**		**특수교육 분야** ※ 초ㆍ중등학교 및 특수학교 포함
	특수교육 분야 ※ 초ㆍ중등학교 및 특수학교 포함		
	※ 특수교육 분야 지원자 독일/캐나다 중복지원 가능		
선발인원	직업교과: **00 명** 특수교육: **0 명**		**특수교육 : 0 명**
	※ 독일/캐나다 초청교사와 한국 참가자가 1:1 매칭되어 교육활동		
대상자	직업교과: **특성화고ㆍ마이스터고**에 임용된 현직교사 특수교육: 초ㆍ중등학교(특수학교 포함)에 임용된 현직 **특수교사**		
시기	한국교사 독일 파견 시기: **'19.1.13 ~ 2.3.**	한국교사 캐나다 파견 시기: **'19.2.3.~2.17.**	
	독일교사 한국 초청 시기 : **'19.3.31. ~ 4.20.**	캐나다교사 한국 초청 시기: **'19.3.23.~4.3.**	
	※ 독일/캐나다 초청교사는 본 사업 한국 참가자의 소속 학교로 배치되는 바, 선발된 한국 참가자는 초청 기간 동안 한국배치학교 협력교사로서의 의무가 있음 ※ 상기 일정은 인천공항 입국 및 출국을 기준으로 한 일정임		
선발방법	시ㆍ도 교육청 추천자를 대상으로 **공개경쟁** 선발(서류 및 면접)		
배치학교	독일 바덴-뷔르템베르크주 소재 직업기술학교 및 특수학교(혹은 특수 학급 보유 학교)	캐나다 알버타주 소재 특수 학교(혹은 특수 학급 보유 학교)	
현 지 협력기관	독일 바덴-뷔르템베르크주 교육부 / 캐나다 알버타주 교육부		
프로그램 활동언어	영어		

- **다문화가정 대상국가와의 교사교류사업** (APCEIU 교사교류사업)
(2019년 12월 공문 기준)

☀목적 : 국내 현직교사를 다문화가정 대상국가에 파견, 현지 교육 활동 등을 지원함으로써 대상국의 교육수요 충족 및 국내학교와 교사의 다문화 교육역량 강화

☀파견국 : 말레이시아, 몽골, 태국 등 총 7개국

구 분	말레이시아	몽골	캄보디아	태국	인도네시아	필리핀	베트남
선발인원	00명	00명	00명	00명	00명	00명	00명
대상자	초·중등학교 현직교원 (특수학교 포함)						
공모방법	시·도 교육청의 추천, (국립학교)학교장 추천						
선발방법	서류 및 면접심사를 통한 선발						
파견예정 기간	'19.3~7	'19.3~7	'19.3~7	'19.3~8	'19.8~11	'19.8~11	'19.8~11
근무지	각 국가별 현지 초·중등(특수)학교						
파견자 수행역할	정규수업, 방과후학교 등에서 교사·보조교사로 활동 및 개별 프로젝트 수행						
지원사항	왕복항공료, 체재비, 숙소지원비, 보험, 연수 등						

※ 파견일정(시기/지역) 및 파견자 수행역할은 대상국 정부와 현지학교 협의에 따라 변동 가능 (변동 시 별도 공지)
※ **현지 활동 언어: 영어** (캄보디아, 몽골, 베트남은 한국어·현지어 수업 통역 지원 가능)

☀지원자격 : 단신파견 가능자, 공고일 기준 최근 2년 이내에 4주 이상의 국비 또는 지방비 지원의 국외 활동을 하지 않은 자, 공고일 기준 5년 이상 교육경력 또는 1급 정교사 자격증을 소지한 현

직 교원으로서 시도교육청의 추천을 받은 자

☀지원자 유의사항: 파견 활동 기간 및 종료 후 연수 기간 경력인 정 불가, 반드시 단신부임(현지 활동 기간 중 가족 초청 또는 동반 시 자격 박탈 및 지원액 전액 환수), 체제비를 지원하므로 재외근 무수당은 미지급됨

☀심사 방법 : 1차 서류전형(국문, 영문 지원서, 자기소개서, 수업 계획안), 공인어학성적(해당자만), 영어면접(수업시연 포함)

- 헝가리 정부초청 장학생 (학위과정, 비학위과정 선발) , 국비유학 (연수)생 선발 시험 등 해외 유학을 준비하는 사람에게 좋은 기회 들도 선발하니 잘 찾아보고 미리 준비하면 좋을 듯하다.

교육부

-**재외 한국학교** (해외에 있는 학국국제학교) 파견교사 선발 (2018년 9월 공문기준)

☀파견(초빙)기간 : 3년

☀봉급은 파견 예정인 학교에서 지급하며, 파견 교원에 대한 승진 가산점 부여됨.

☀자격기준 : 파견일 기준 교육경력 7년 이상의 현직 교사, 원서마 감일 역산 2년 이내에 취득한 영어 또는 현지어 어학 시험 만점의 6할 이상 득점자, 한국사능력검정시험 3급 이상 합격자

☀파견국: 중국, 일본, 중동, 러시아, 남미

지역	학교	파견 대상		지역	학교	파견 대상	
중국	선양	초등	4명	일본	교토	초등	1명
		중등 국어	1명		금강	초등	1명
		중등 영어	2명			중등 역사	1명
	연변	초등	2명		건국	초등	1명
		중등 국어	2명	중동 러시아	카이로	초등	4명
		중등 역사	1명		젯다	초등	1명
		중등 수학	2명		모스크바	초등	1명
		중등 과학	1명	남미	아르헨티나	초등	2명
		중등 영어	2명		파라과이	초등	3명
		체육	1명	※ 선발 세부 사항은 반드시 해당 지역 공고문 참조			
	웨이하이	중등 영어	1명				

월드프렌즈 코이카 봉사단 (2020년 초 홈페이지 기준)

2020년은 아쉽게도 코로나19로 인해 코이카 봉사단 모집 및 파견이 지연되고 있다.

☀코이카 봉사단이란?
대한민국 정부가 파견하는 해외봉사단으로 외교부 산하기관인 한국국제협력단(KOICA)에서 담당하고 있으며, 봉사단의 종류에 따라 지원 자격과 활동이 달라진다.

☀봉사단 종류:

-일반봉사단 : 공공행정, 교육, 농림수산, 보건의료, 기술환경에너지 5개 분야 48개 직종 모집, 약 2년 파견, 연간 약 8회 모집

-프로젝트봉사단: 직종 한정 없이 프로젝트별 팀으로 모집

☀ 자기소개서 문항 (2019년 8월 기준)

1. 해외봉사단에 지원하게 된 동기는 무엇입니까?

2. 자신의 삶에서 가장 중요한 사건이나 경험과 그로 인한 영향 또는 변화는 무엇입니까?

3. 지원 직종과 관련하여 다른 지원자와 차별되는 자신만의 장점은 무엇입니까?

4. 지원 직종과 관련 있는 교육, 훈련, 연구 등의 경험과 파견국에서 그 경험의 활용방안은 무엇입니까?

5. 해외 봉사활동 기간 동안 반드시 해보고 싶은 일과 그 이유는 무엇입니까?

6. 해외 봉사활동을 마친 후의 계획은 무엇입니까?

2) 내가 해외파견을 가게 된 과정

 평소에 여행을 좋아해서 자연스럽게 영어 공부를 취미로 하고 있었다. 여행 속에서 외국인과 원활한 소통과 토론까지도 하고 싶은 욕심에 한국에 돌아오면 학원도 다녀보고, 강남, 신촌, 부천 등에서 영어 스터디도 꾸준히 참가하면서 영어로 대화하는 것이 두렵지 않아졌다. 인생에서 한번은 해외 생활을 해보고 싶다는 것이 내 인생의 버킷리스트에 있어서 재외한국학교나 해외파견에 관심을 갖고 있었는데, 그때마다 시기적으로 안 되는 이유가 늘 있었다. 그러다 마침 결혼을 내년으로 앞둔 해에 적절한 기회를 만났다.

 국립국제교육원에서 개발도상국으로 수학, 과학, 컴퓨터 우수교원을 파견한다는 사업이었고 딱 내가 원하던 1년 이상의 장기 파견! 일단, 합격하면 갈 수 있는지 학교장의 허락이 필요했고, 교육청에도 허가가 가능한지 확인이 필요했다. 가능하다는 답변을 얻은 후 필요한 서류를 준비하기에 앞서 가족과 예비 신랑의 동의를 얻어야 했다. 가족들은 개발도상국이라 치안이 좋지 않은 것에 걱정을 많이 했으며, 예비 신랑(현재 남편)과는 결혼을 1년 미루어야 했기 때문이다. 결혼 후에는 해외 파견을 가는 것에 더 제약이 많아질 것이기에 평생에 다시 없을 기회라고 생각해 열심히 설득했고 모두 나를 존중해주었다.

이제, 필요한 많은 서류를 작성해야 했다. 자기소개서, 파견 활동 계획서, 영문 수업지도안 등을 작성하고 영어면접과 영어로 수학 수업시연과 면접을 준비했다. 아, 원하는 나라를 3순위까지 정해야 했는데 원래 나는 아프리카로 파견을 원했지만, 가족과 예비 신랑이 질병에 대한 걱정으로 엄청난 반대를 하여 물과 공기가 깨끗한 피지를 1순위로 지원했다. 이후 서류에 합격하고, 면접도 준비한 예상 문제들을 만나 잘 답변한 것 같다. 최종 합격을 하였고 나는 이렇게 원하던 피지로 1년 파견을 가게 되었다.

몇 년 후 남편과 아이와 함께 재외초등학교 또는 해외파견사업에 또 지원하여 함께 해외 생활을 해보고 싶은 생각을 하고 있다. 이를 위해 요즘 자격요건을 보니 한국사검정능력시험 3급 이상을 요구하는 경우도 있어서 자격증도 따놓았고, 한국어 교원자격증 2급 이상이면 지원 기회가 많으므로 이것도 준비해볼까 하는 고민도 하는 중이다. 미리 준비한 자가 기회를 잡는 법이다!

3) 해외 파견에 대한 Q&A

[Q1] 안녕하세요? 저는 교사 해외파견사업 관련해서 관심을 가지고 검색을 하던 중, 초면에 이렇게 연락드리는 게 실례인 줄 알면서도 주말 동안 검색을 해보니 몇 년 동안 이어져 온 사업에도 불구하고 너무 정보가 없어서 보냅니다.ㅠㅠ

1) 거주와 관련해서는 어떻게 진행되는지 궁금합니다. 나라별 한 명씩 선발하는 경우에는 같이 준비하거나 도움을 나눌 분이 없지 않겠냐는 생각에 적지 않은 기간 동안 기본적인 문제를 어떻게 해결해야 하는지 궁금합니다. 파견국에 도움받을 기관이나 파견교사 외의 주최 측의 직원도 상주하시는지 궁금합니다.

2) 선생님께서 파견근무 하시는 곳과 다른 곳에 파견 중인 선생님 블로그에서는 학교를 여러 번 옮기시던데, 선생님께서도 해당하신다면 그 이유와 지역적 범위 차이가 크지 않은지 궁금합니다

[A1] 1) 거주 관련해서는 나중에 합격하시고 파견 가시면 현지에 주최 측 직원으로는 상주하는 코디가 있는데 현지 적응에 도움을 주는 역할을 합니다. 사실 도움을 주더라도 저는 딱 마음에 드는 매물이 아니었어서 발품을 팔면서 알아보고 개인적으로 구하기는 했습니다. 함께 가는 샘들끼리 팀을 짜서 같이 살기도 하고 혼자 살기도 하고 그럽니다. 미리 정할 수 있는 부분은 없고, 합격하시고 알아보셔도 충분히 구할 수 있어요. 미리 걱정하시진 않아도 될 거 같아요.^^

2) 저는 학교를 옮기진 않았어요. 아마 옮기신 경우에는 뭔가 학교 측이나 개인적인 이유가 있는 걸 테고 보통은 1년간 움직이지 않아요. 연장하시면 원하시는 경우 그 학교에 계속 일하거나 옮겨서 다른 학교에서 근무 할 수도 있습니다.

[Q2] 선생님 안녕하세요. 서울에서 수학 교사를 하고 있는 김OO 라고 합니다. 피지로 해외파견 써보고 싶어서 찾다가 바로 선생님 블로그를 알게 되었어요~ 샘이 올려주신 글 보고 더욱 가고 싶어 졌는데요~ 근데 제가 정말 영어를 잘 못 하고 ㅜㅜ 자신감도 부족한데 어느 정도 수준이 되어야 하는지 여쭤보고 싶어요! 우선 당장은 영어면접 준비가 궁금합니다.

[A2] 제가 갈 때와는 뽑는 기준도 좀 바뀐 것 같으니 꼭 체크하세요.^^ 그래도 궁금하신 부분에 대해 생각해봤는데, 제 경험상으로

는 영어를 잘하는 것보다는 그 사람의 이 사업에 대한 자신감이나 의욕, 열정을 더 많이 보는 거 같았어요. 함께 갔던 샘들도 영어를 다 잘하는 건 아니었지만 모두 열정만큼은 가득했거든요. 영어면접에서는 지원동기, 가서 뭘 하고 싶은 건지(목적, 목표), 한국에 대한 소개 등을 물어봤어요. 너무 걱정 마시고 도전해 보세요! 아, 혹시 지원하지 않은 나라 중 가야 하더라도 갈 수 있는지도 물어봤어요.

[Q3] 파견 준비를 하고 있습니다 ^^ 질문하나만, 혹시 영어는 어느 정도 돼야되나요ㅠㅠ??

[A3] 일단 매해 다를 거 같습니다. 경쟁률이나 경쟁자들의 영어 수준이 매해 다르니까요. 그래도 영어 실력보다는 파견에 대한 열정과 마음가짐을 더 많이 보는 거 같았어요! 단순히 일을 하러 가는게 아닌 현지에 교사로서 가는 거니까요. 수학 과목의 특성상 영어는 기본 회화가 가능한 실력이셔도 가능성이 높아요!

[Q4] 안녕하세요. 피지 파견 교사 생활을 즐겁게 하고 계신 것 같아 부럽습니다. 저 또한 수학 교사입니다. 이번 공고가 떴길래 지원을 하려 하는데 문의드릴 게 있어 댓글을 남깁니다.
먼저, 현지인들을 대상으로 하는 수업이니 100% 영어 수업인가요? 저는 여행을 다닐 정도의 실력은 되지만 수업할 만큼의 실력

은 아니라 망설여지네요.

두 번째로 저는 아기가 있어서 남편의 직장 휴직 후 가족이 함께 가고 싶은데 미혼의 교사만 뽑는지 궁금해요.

[A4] 일단 현지 학교로의 파견이라 백 퍼센트 영어 수업은 맞아요. 그런데 생각처럼 어렵진 않아요. 다 준비하면 하실 수 있고 유창하지 못해도 수업 준비를 미리 해서 칠판 판서를 잘하면 수학과목의 수업은 충분히 가능합니다. 아이들 수준도 높지 않은 편이라 가르치기는 어렵지 않아요. 물론 처음엔 엄청나게 떨렸지만요.

그리고 다른 파견자 중에는 가족과 함께 오셔서 살고 계시면서 근무하시는 분들도 있으세요. 잘 지내시고 또 가족이 함께라 부럽기도 해요. 다만 제가 갈 때와는 다르게 단신부임가능자라고 공문에 추가되어서 앞으로는 가족이 함께 가는 데 제약이 있지 않을까 싶습니다. 꼭 미리 알아보시고 지원하세요.

[Q5] 안녕하세요~? 내년도 해외 교원파견에 관심이 있습니다. 국가는 희망하는 것인가요? 그리고 아무래도 아프리카랑 남미지역이라 조금 걱정되는데 생활하는 데 큰 어려움이 없으신지, 한국 교원들이 많은지 궁금합니다! 답변해주시면 감사하겠습니다 ^^

[A5] 파견국가는 제가 지원할 당시에는 1지망부터 3지망까지 적었고 성적순으로 희망 국가에 우선 배치되는 방식이라 지망하지 않

앴던 나라에 갈 수도 있습니다. 생활적인 측면은 나라와 사람마다 다르겠지만 다른 국가의 파견자와 이야기해보고, 저도 실제로 경험해본 결과 밤에 다니지 않고 경계심을 가지고 조심한다면 어느 국가든 재밌게 잘 지낼 수 있을 거라 생각합니다.

[Q6] 저는 경남 통영에서 6년째 초등교사 생활을 하고 있는 유 ○○입니다. 어디에도 정확히 현지 집값에 대한 정보가 많이 없어서 머무신 집값이 월 얼마 정도였는지 알려주실 수 있을까요?

[A6] 피지의 집은 구하기 나름인데요, 저렴하게 지내면 진짜 싼 것도 많은데 저는 치안과 인프라 좋은 도심에 살기를 고집하여 좀 집에 돈을 아끼지 않았고 결과적으로 후회하지 않아요! 아파트고 24시간 가드(경비) 있고 도심에 있고, 가구 풀옵션(세탁기, 건조기, 침대, 장롱, 식탁, 그릇 등)인 집이었고 방 2개, 거실, 부엌, 발코니가 있는 집을 구했는데 월세가 한화로 120만 원 정도였어요. 1인당 약 60만 원씩 내고 둘이 살았어요. 경비 없는 집, 조금 외곽에 사셔도 되면 월 20만 원에도 살 집은 많아요. 제가 산 집보다 더 좋고 비싼 집도 많고요. 제가 집을 고르는 기준은 1순위 안전, 2순위 위치, 3순위 풀옵션, 4순위 가격이었어요. 기준을 잡으시고 발품 팔아서 구하시면 고생스럽긴 해도 좋은 집 구하실 수 있을 거예요.

[Q7] 피지 교원 파견에 원서 넣으려고 하는 초등교사예요. 제가 아들 둘 엄마거든요. 3살, 6살이고 남편도 같이 파견원서 쓰는데 둘 다 합격하면 정말 좋겠지만 우리 뜻대로 되는 건 아니겠죠. 여쭤보고 싶은 것은 아이 둘 데리고 일 년 동안 살만한 곳인지 지진, 태풍 등 자연재해, 치안, 유치원은 어떤지 등 많은 것들이 궁금하고 걱정이 됩니다. 조언 주시면 정말 감사하겠습니다.

[A7] 안녕하세요~ 어려운 질문이네요. 일단 두 분이 함께 되시면 참 좋겠네요! 하지만 두 분이 다 일하시면 아이를 돌볼 분 한 분도 같이 가셔야 할 겁니다. 저랑 같이 파견 온 분 중 아이를 데려온 가족들은 한 분은 일하고 한 분은 아이를 돌보거나, 두 분 다 일하셔야 하면 어머니를 함께 모셔와서 지내셨거든요. 두 분 다 일하면 아이들 유치원이 더 일찍 끝나서 일하기가 어려우실 거 같아요. 더불어 피지는 자연재해는 괜찮은 편인데(사이클론이 있긴 한데 그 시기에 집에만 있으면 괜찮았어요.) 치안은 별로지만 그래도 다른 국가들과 비교했을 때는 좋은 편이에요. 밤에 또는 혼자서 작은 골목 골목을 다니지만 않으면 안전합니다. 유치원은 다들 만족도가 높으셨어요. 로컬유치원은 아이들 잘 뛰놀고 저렴한 장점이 있고, 국제유치원은 비싸긴 하지만 친구들이 호주, 뉴질랜드, 한국, 중국, 일본, 미국 등의 아이들이라 안전하고 영어에도 좋고 프로그램도 좋고 좀 더 안전하대요. 도움이 되셨길 바랍니다.

2부

해외에서 살아보기

All good?　All good!

석양이 예쁜 나라 피지로 파견 다녀온

한 수학 교사의 이야기

1) 섬나라 피지?

피지는 바다가 예뻐 신혼여행으로 유명한 섬나라이다. 면적은 나라를 구성하고 있는 333여 개의 섬을 합쳐서 우리나라 경상북도 크기이며, 민족의 구성은 피지 원주민 약 57%, 인도계 정착민 약 38% 등으로 꽤 많은 인도인이 피지에서 함께 어울려 살고 있어 좀 신기한 구성이다. 예전에 피지가 영국식민지였을 때 피지인들이 일을 너무 느리게 하여 영국에서 인도인을 노동자로 많이 데려왔고, 독립한 이후에도 이때 온 인도인들이 피지가 너무 좋아 정착하여 살게 되면서 이런 인구 구성이 되었다고 한다. 나라의 공식 언어는 영어이고 학교에서도 영어를 공식적으로 사용하기는 하지만 사실 피지인끼리는 피지말을 인도인끼리는 힌디를 모국어로 사용한다. 여러 인종이 모여 살아서인지 다문화에 대한 인식이 자연스러우며 함께 어울려 살면서도 그 속에서 자신들의 전통과 문화를 유지해 나가는 모습을 통해 많은 것을 배울 수 있었다.

[피지의 위치]

피지로 파견이 확정되면서 피지에서 꼭 해보고 싶은 나만의 버킷 리스트를 작성해 보았었다. 해보고 싶은 것을 적다 보니 가기 전부터 설레고 두근두근한 마음이 들었다.

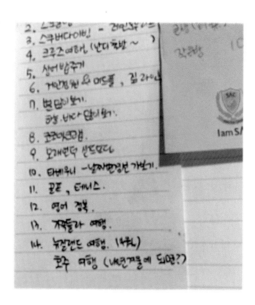

[버킷리스트]

이 중 몇 가지를 결국 해내고 왔고, 몇 가지를 해내지 못했는지는 글을 읽으면서 확인하시기 바란다.

2) 피지에서 살아본다는 것은 나에게 어떤 의미?

피지(Fiji)는 세계적인 휴양지 혹은 신혼여행지로 유명한 나라이다. 개발도상국 해외교사 파견 사업으로 선발되어 가게 된 나는 한국을 떠나기 전 많은 지인과 동료 교사들로부터 두 가지 종류의 인사와 질문을 듣게 되었다.

1. 우와! 맨날 수영하고 좋은 풍경 봐서 좋겠다. 부럽다~
   (리조트 상상파)
2. 어휴, 그런 나라에서 어떻게 1년을 살고 와?
   (해외 생활 걱정파)

하지만 난 두 가지 다 공감할 수 없었다. 나는 리조트 생활을 하러 가는 것이 아니라 피지 현지 학교로 파견되어 현지 학교로 출퇴근을 하고, 피지인들과 함께 1년 동안 생활을 하러 가는 것이었다. 내가 그나마 잘하는 수학으로 수학이 약하다는 피지 학생들에게 작은 도움이 되어주고 싶었고 또한 수학만이 아니라 만나게 될 모든 인연과 서로 좋은 영향을 주고받아 소중한 추억을 서로 간직한 채 돌아오고 싶다는 생각이었기 때문이다.

피지에서 비가 내리던 어느 날, 침대에 누워 천장을 보았더니 걸어가고 있는 큰 개미가 있었다. (피지는 열대기후라 개미, 벌레, 도마뱀 등이 엄청 많다) 중력은 무시한 채 천장이 땅인 듯 그렇게 편안하게 걸으며 이리저리 길을 헤매는 개미를 보며, 내가 누워 있는 바닥 쪽이 땅인지 개미가 걷고 있는 천장 쪽이 땅인지 모르겠다는 생각이 들었다. (이거... 많이 들어 본 이야기인데... '호접지몽(胡蝶之夢)' 아닌가? 어쨌든) 아마도 무거운 내가 있는 곳이 땅일 거라고 합리화하여 결론을 내렸고 혹시 내가 있는 이곳이 땅이 아니라 하더라도 나도 저 개미처럼 잘 걸어 다니면 되는 거라는 생각으로 혼자 피식 웃어버렸다. 우리가 있는 곳이 어디든 비록 다소 이리저리 헤매더라도 자신만의 결심과 생각으로 씩씩하게 잘 살면 되는 거 아닐까. 그리고 매일 기억에 남는 한 컷이 존재하는 하루를 보낼 수 있다면 분명 잘 살고 있는 거라고 생각했다. 이런 의미에서 나에게 주어진 피지의 삶은 매 순간 내가 잘살고 있다는 생각이 들게 했었다. 이것만으로도 피지에 살아본 경험은 나에게 의미가 있었다.

피지는 인도인 40% 정도와 피지인 55% 정도가 함께 사는 나라라고 이미 소개했었다. 여기에는 여러 가지 역사적인 배경이 있지만, 그 이야기를 다시 하려는 것은 아니다. 내가 하고픈 말은 두 나라의 사람들이 비슷한 비율로 섞여 살다 보니 참으로 신기한 나라가 되어있다는 점이다.

피지계 아이들은 초등학교에 가기 전까지 피지말을 배우며 놀고, 인도계 아이들은 인도말을 모국어로 배우며 사용한다. 그러다 초등학교에 가면서부터 영어를 공용어로 배우고 피지계와 인도계 아이들은 의사소통을 할 수 있게 된다. 자신의 모국어가 영어가 아니다 보니 영어가 모국어인 나라처럼 영어를 유창하게 쓰지는 못하지만, 학교에서는 영어만 사용하도록 교육하며 서로의 문화이해를 위한 문화 결합(bonding culture) 교육을 자주 한다. 자신의 모국어가 영어가 아닌지라 영어를 잘하지 못하는 나를 아이들이 자연스럽게 이해해주어 좋았다. 또한 다문화에 대한 인식이 자연스럽고 서로 함께 어울려 살면서도 그 속에 자신들의 문화를 유지하고 있는 모습이 멋져 보였다. 자기 나라만의 언어가 있다는 것은 자존감을 느끼게 하고 공통된 자기들끼리의 문화를 형성하게 했다. 나에게도 모국어인 한국어가 있다는 사실이 피지 안에 함께 물드는데 자신감을 주었다. 물론 어디에나 있는 문제이지만, 피지에서도 어떤 경우 또는 특정 무리는 파가 갈려서 지내기도 했다. 학교생활을 해보니 학생들은 피지인과 인도인이 친구로 밥도 같이 먹기도 하고 친하게 잘 지내고 어울리는데, 선생님들은 일할 때는 잘 어울리고 의견을 교류하고 서로 존중하나 놀 때나 밥 먹을 때는 인도인은 인도인끼리 피지인은 피지인끼리 함께하는 양상을 보였다. 그렇다고 서로 사이가 안 좋은 건 아니었지만 그저 그런 것이 자연스러운 문화가 신기했다. 나는 어디에도 해당되지 않아 오히려 여기저기 잘 끼었지만, 옆자리의 중국 출신의 수학 선생님과 가장 친하게 지냈다.

피지에서의 생활은 불편한 점이 당연히 있었고 밤에 다니면 위험한 일이 많아 저녁을 늘 방에서 보내야 했었지만, 피지만의 매력이 분명히 존재했다. 한번 가기는 어려워도 한 번만 가지는 않는 나라가 피지라고 했는데 가보니 확실히 알겠다. 어떻게 여길 한 번만 가볼 수가 있겠는가.

눈이 마주치면 미소로 답해주는 사람들. 버스에서 남자들이 여자나 노인을 위해 벌떡 일어나는 게 당연한 나라. 행동에 여유가 있고 웃음이 많은 사람들. 그리고 아름다운 석양을 가진 나라. 여러 문화가 공존하여 음식점도 다양하고, 서로에게 관심이 많은 마음 따뜻한 나라. 지내는 내내 내 마음이 따뜻해져서 그것이 나는 특히 좋았다. 한국에서 이런 생활과 이런 마음을 가진 적은 단연코 없었다.

그리고 해외에서 아이들 가르치는 일은 걱정한 것과는 다르게 엄청 재밌었다! 한국 지인들은 영어로 수업할 수 있겠냐고 걱정해주었고 사실 나도 걱정을 많이 했지만, 준비하고 부딪히면 다 할 수 있었다. 한국에서의 과중한 업무들이 없으니 온전히 수업 준비에 시간 썼고 아이들에게 쏟아부었다. 더 좋았던 것은 한국의 아이들보다 피지 아이들의 수업 태도가 좋다는 것이다. 공손하고 선생님을 존경, 존중해주는 걸 느낄 수 있었다. (우리나라 80년대의 모습과 비슷하다고 보면 된다) 아이들은 학교에서의 배움이 전부이기 때문에 학습에 대한 의지가 강하고 선생님의 관심과 사랑을 갈망했다. 이런 부분은 교사로서 보람과 만족감을 더 느낄 수 있게 해주었다. 나는 이 아이들의 눈빛, 몸짓, 태도를 오래 기억하고 싶다. 글을 쓰는 지금, 내가 아이들을 떠올리면 미소가 지어지듯이 아이들도 나를 한국에서 왔던 예쁜 수학 선생님으로, 꽤 좋았던 한 사람으로 기억해주길 바라본다.

피지에서 1년을 보내면서 끊임없이 한국에 있는 모두가 보고 싶었고 모든 것이 그리웠지만 그것과는 별개로 돌아가고 싶은 마음은 한 번도 들지 않았다. 조금만 더 있고 싶다고 떠나는 순간까지 생각했을 뿐.

3) 다음 파견자를 위해
내가 전하고 싶었던 이야기

코이카(KOICA)가 국립국제교육원에서 기파견을 온 우리 팀에게 몇 달 뒤 코이카에서 선발한 새로 올 교사들을 위한 조언을 구하고 싶다며 간담회를 요청했다. 추후 파견될 교사들을 위해 우리가 미리 경험하면서 느꼈던 피지의 학교생활과 치안 등에 관해 이야기 나누면서 도움이 될 수 있다면 좋겠다는 생각에 우리 팀은 모두 참석을 했다. 간담회를 통해 내 학교생활이 피지의 일반적인 문화로 여겨왔던 나도 막상 서로 다른 학교의 이야기를 나눠보면서 학교마다 아이들의 경제적 격차와 교사의 교육방식과 문화가 각각 다르다는 사실에 놀랐고 많이 배우는 계기가 되었다.

내가 일하는 학교는 인도인 중심의 여학교라서 규칙이 엄격하게 통제되고 있고 공부도 열심히 시키는 학교였는데, 다른 파견 교사의 학교 중에는 교도소에서 나온 아이들이나 문제아들만 모여있는 학교도 있었고 선생님들이 나태하거나 교육시스템이 제대로 갖추어지지 않은 학교들도 있었다. 그래서 각자의 경험이 모두 매우 달랐고 느끼는 바도 달랐다.

아래는 내가 간담회에 참가하기 전 어떤 이야기를 해주면 도움이 될지 고민하며 정리해두었던 내용이다. 개인적인 생각과 경험을 바탕으로 했던 조언임을 다시 한번 밝혀둔다.

---

1. 학교 생활 측면

◇ 내가 여기에 왜 왔는지 목적을 분명히 인식하는 것이 필요하다.
　(수학 수업, 한국에 대한 이미지 제고 등등)

-- 목적 인식이 안 되면 일을 하면서도 무엇을 위해 내가 이 일을 하고 있는지가 계속 나 자신을 괴롭힐 수 있다.

-- 내가 인식하고 확립한 나의 목적은 "수업 충실히, 상호 문화 존중, 사제 및 동료와 좋은 관계"다.

◇ 피지 만의 문화를 존중, 그들의 방식을 따르자.

-- 예를 들어, 지금 내가 일하는 학교는 힌두교를 믿는 학교라 아침, 점심, 하교 때마다 기도하는 방송이 스피커를 통해 나온다. 이때 모든 하던 일을 멈추고 자리에서 일어나서 가만히 있어야 한다. (우리나라의 민방위 훈련처럼) 이게 내가 일하는 학교의 중요한 문화 중의 하나이다.
본인의 종교에 상관없이 어떤 학교나 단체에 소속된 사람이라면 자기가 있는 곳의 문화를 존중하고 그 속에서만은 잘 따라 주는 것이 예의이다. 학교마다 가진 종교가 달라서 그곳의 문화를 존중하는 태도가 필요하다.

•• 피지만의 교육방식과 학습 스타일을 존중해야 한다고 생각한다. 처음에는 나도 한국의 교육방식에 익숙해져 있는 터라 내용을 재구성하거나 교수학습 방법적 측면에서 여러 가지 시도를 해보며 교육의 효율성을 높이고자 했었지만, 아이들이 너무 다른 방식의 수업은 받아들이기 어려워했다. 기존 선생님들 교육방식의 큰 틀을 깨지 않으면서 조금씩 본인의 스타일을 반영하는 것이 더 좋다고 생각된다.

가끔 수업 방식이나 내용이 다소 답답할 때도 있고 교사 교육이 선행적으로 필요하다 느껴질 때도 있겠지만 이방인인 내가 그들을 먼저 존중해야 한다. 또한, 내가 할 수 있는 위치에서 해도 되는 일을 열심히 해내는 것이 중요하다.

예를 들어 피지 아이들은 교과서가 없어 도서관에서 매년 빌려주고 반납한 뒤 다음 학년이 물려받는다. 나는 책이 없으면 불편할 거로 생각해서 교과서를 지원해주면 좋겠다고 생각했었는데 이것은 나의 오판이었다. 오히려 교과서를 빌리기 때문에 노트필기가 중요했고 그것이 교과서를 대신했다. 그러다 보니 교과서 전체를 공부할 필요 없이 선생님이 필기하라고 알려주신 부분만 노트를 보며 공부하면 돼서 편하다고 학생들은 이야기했다. 우리에겐 당연하고 불편하게 보이는 것들이 다른 이에겐 편하게 느껴질 수 있음을 간과하지 말아야 할 것이다.

◇ 다양한 행사에 적극적으로 참여하길 권한다.

•• 일주일에 한 번 교직원 회의와 학교 어셈블리(전체집합) / 여러 ○○의 날 행사 / 마약, 왕따, 10대 임신 등에 대한 학생 교육 / 수학, 과학 경시대회 참가 / 학년 별 소풍, 교직원 워크숍 등
다양한 행사가 학교에서 활발하게 이루어진다. 이 모든 행사는 함께

어울리며 추억을 만들고 서로 가까워질 기회이다. 내가 뭘 하면 좋을지 먼저 물어보면 어떨까?

◇ 아이들은 교사에게 호의적이다. 호칭도 적응하자.

-- 학생들은 교사에게 '맴(Ma'am)'(마담(Madam)의 준말), '써(sir)'로 호칭하며 이름을 말하지 않는다. 이름을 부르는 것은 친구끼리 하는 것이고, Miss Lee처럼 성을 말하는 것이 존칭이다. 처음에는 나한테 마담이라고 해서 한국적 마인드로 다방 마담이 떠올라서 '왜 나한테 마담이라고 하지?' 했었는데 그렇게 마담을 사용하는 건 우리나라의 특수한 경우였고, 해외에서 마담은 부인 정도로 존칭이다. 그리고 학생들은 수업 태도와 생활 태도가 바르고 예의가 발라서 만나면 서로 알든 모르든 모두 인사하므로 눈을 마주치면 밝게 웃으며 인사해주자.

◇ 학교에서 가만히 있으면 나의 역할이 없을 수 있다.

-- 이미 교사의 수는 피지 정부에서 계산하여 필요에 맞게 각 학교에 배정된 상태이다. 우리는 추가 인력으로 배치된 것임을 먼저 이해해야 한다. 학교 상황에 따라 갑자기 아프거나 전근 가는 사람이 있는 경우 급하게 대체 교사를 구할 수 없어 일정 기간 현직교사를 대신해 일하는 경우도 있으나, 실제적으로 우리의 파견은 잉여인력인 셈이다. 물론 동교과 선생님들의 시수가 너무 많아 고마워하시며 시수를 나눠 주었고 정식으로 일하게 된다. 여기서 핵심은 본인이 해야 할 일을 먼저 어필하고 적극적으로 참여하는 자세가 필요하다는 것이다. 말하지 않으면 아무 일도

하지 않고 있을 수도 있다. 할 일을 받아서 하다 보면 점점 정규교사와 동등한 대우를 받게 되고 소속감을 느끼며 함께 일하고 있는 자신을 발견하게 된다. 다만 시간이 좀 걸린다.

2. 피지 생활 측면

◇ 치안? 안 좋다. 밤에 혼자 돌아다니면 안 된다.

-- 우리 교육부 선생님들도 여러 명 소매치기를 당했다. 사람 없는 곳을 혼자 다니면 몰래 훔쳐 가는 것이 아니라 대놓고 와서 밀치고 뺏어 갔다. 그렇다고 지나가는 모든 사람을 너무 경계하지는 말자. 친절한 사람, 정의로운 사람도 물론 많다. 그러나 매 순간 안심해서도 안 된다.

◇ 저렴하게 다양한 것을 배울 수 있다.
　예) 테니스, 수영, 골프, 줌바, PT, 영어, 중국어 등

-- 나의 경우에는 테니스 개인강습과 줌바&PT 클래스 수강, 영어개인과외(회화) 등을 했다.

◇ 주변에 놀러 갈 곳이 많다. 특히 바다 놀이를 좋아한다면 행운!

-- 주말마다 근교 리조트 당일치기, 1박2일 패키지(숙박+조식+액티비

티)를 현지가격으로 이용하기, 스쿠버다이빙, 서핑, 스노쿨링, 낚시투어 등 다양한 물놀이를 예쁜 바다에서 해 볼 수 있다.

◇ 먹을 것이 다양하다.

-- 다인종 국가라 다양한 음식점이 있고, 맛집도 많다. 물가가 한국보다 저렴하니 가격적 메리트도 있다. 고급식당을 가도 큰 부담이 되지 않는다. 또한 푸드코트마다 한식당 하나씩은 꼭 있어 좋다.

◇ 물도 깨끗하고 공기도 맑다. 다른 개발도상국과 큰 차이점!

-- 샤워를 하고 나면 뭔가 몸이 미끈미끈 한 기분. 물이 정말 좋은 것 같다. 비를 맞아도 깨끗한 느낌이 들어 신기했다.

◇ 약속이나 계약은 항상 이중으로 체크 하자.

-- 사람들은 약속을 잘 안 지키고, 대답해 놓고는 깜깜무소식인 경우가 많다. 무엇이든 일을 진행할 때에는 확실하게 그 사람의 이름을 적어놓고, 사진을 찍거나 증거자료를 만들어 놓아야 하고 중간중간 확인 연락하는 것이 필요하다.

+α) 피지를 더 이해해 볼까요? : 치안 관련 에피소드

버스 카드시스템 처음 도입 후 일어난 버스 카드 도난사건

 해외 생활 또는 해외파견을 준비하는 사람들이 가장 걱정하는 부분이 그 나라의 치안이 아닐까 싶습니다. 저도 나라를 선택할 때에 가장 먼저 고려한 부분이 질병과 치안이었습니다. 봉사와 교육, 좋은 목적으로 가는 해외파견이었지만 개인의 안전과 건강은 당연히 신경이 쓰이고 무엇보다 중요한 부분입니다. 대부분의 개발도상국은 치안이 좋지 않으며 피지 또한 비교적 괜찮다고는 하나 사실 위험합니다. 함께 파견 온 교사 대부분이 소매치기를 당했으며 몰래 훔쳐 가는 것도 아니고 대놓고 밀치고 가져가거나, 주차해 놓은 자동차 유리를 깨고 훔쳐 가기도 했습니다. 치안을 위해 가장 좋은 방법은 해가 지면 돌아다니지 않는 것입니다. 낮에는 길에 사람도 많고 비교적 안전합니다.

 제가 파견 가 있던 해의 10월부터 피지에 버스 카드 도입이 시작되었습니다. 9월까지는 현금으로 내고 버스를 탔었는데 10월부터는 카드를 구입해 충전해서 버스를 타야 했습니다. 처음 써야 하는 카드 사용에 대해 피지 국민은 불만이 많았습니다. 신분증을 준비해서 줄을 길게 서야만 카드를 발급받을 수 있었고 또한 카드는 미리 충전해서 사용해야 하는데, 익숙하지가 않아 까먹고 충전을 안하는 경우도 많아서 가지고 있는 현금을 그냥 내고 싶어 했습니다. (저는 한국에서 카드로만 대중교통을 이용했고, 편리성을 알기에 좋은 정책이라고 생각했었지만 모든 것은 처음 적응할 때에는 귀찮고 번거롭습니다) 국가에서는 현금은 탑승이 불가하고 카드로만 버스를 이용하도록 하는 강경한 방식으로 정책을 시행하였습니다. (처음부터 강경한 방식으로 한 것은 아니었으나 사람들이 카드를 너무 이용 하지 않아서 나온 정책입니다)

국가에서는 학생들에게 한 달 치가 충전된 카드를 나누어 주었습니다. 좋다고 생각했던 이 정책은 학교 현장에서 문제로 발생했습니다. 한 학생이 버스 카드를 분실하면 버스에서는 현금을 안 받아주기 때문에 탑승이 불가하여 그 학생은 집에 갈 수 없게 됩니다. 결국, 이 학생은 다른 친구의 버스 카드를 훔치게 되고 이런 상황이 반복되었습니다. 학교에는 카드를 잃어버렸다고 우는 학생이 점점 많아졌습니다. 한번은 제가 들어가는 교실의 학생이 카드를 도난당해 울고 있어 저의 버스 카드를 빌려주고 저는 택시를 타고 집으로 간 적도 있습니다.

이러한 상황이 안타까우면서도 이것도 피지의 일부이며 삶의 방식이라고, 한 문화라고 인정하는 나를 발견하며 또 한 번 세계를 바라보는 인식이 넓어짐을 느꼈습니다.

치안이 좋지는 않지만 나름대로 그들만의 사정이 있을 거라는 생각도 듭니다. 그것으로 범죄가 정당화될 수는 없지만 우리는 안전하기 위해 당연히 지켜야 할 작은 규칙들 (밤에 돌아다니지 않기, 귀중품 보이는 곳에 차거나 두지 않기, 혼자 어두운 곳에 가지 않기 등)은 꼭 잘 지키면 좋을 것 같습니다. 저는 다행히 한 번도 어떤 사고 없이 한국으로 잘 돌아왔습니다.

4) 새로운 경험을 찾아서 하기

♬ 할리우드영화 '어드리프트(Adrift):우리가 함께한 바다'의
엑스트라 배우가 되다!

 한 편의 영화가 완성되기까지는 수많은 사람과 작업을 거쳐야 한
다. 나는 섬나라 피지에서 파견 교사로 근무하던 중 신문을 통해
내가 사는 마을(수바)에서 할리우드영화 촬영이 있다는 것을 알게
되었고, 엑스트라를 공개모집 하기에 지원했다. 화장하지 말고 손
톱도 짧게 깎아서 새벽 6시까지 오라는 답변을 받고는 너무 좋아
서 혼자 소리도 질렀었고, 촬영 전날에는 설레서 잠도 설쳤다.
촬영 당일 답변의 장소로 도착하니 버스터미널이었고 봉고차가 대
기하고 있었다. 사람들이 이미 차에 타 있었고, 모두 설레는 얼굴
이었다. 내가 차에 탄 뒤에도 두 명 정도를 더 태우고 나서야 차
는 출발했다. 타자마자 1분 정도 갔을까? 공사 중인 줄 알았던 천
막들 사이로 들어가더니 내리라고 했다. 촬영 장소는 이렇게 사람
들이 붐비는 가까운 곳에 비밀스럽게 숨겨져 있었다.

 촬영 스태프를 따라 틈이 보이지 않던 한 천막을 갈라 열어서 들

어가니 꽤 넓게 간이식당, 의상실, 메이크업 실, 촬영대기실이 마련되어 있었다. 나는 마치 해리포터가 처음 벽을 통과해 마법의 나라로 들어가는 장면이 떠올라 웃었다. 온종일 세 장소를 갈 것이며 긴 촬영이 될 거라는 간단한 설명과 함께 일단 밥부터 먹으라고 해서 간이식당의 뷔페 음식을 퍼서 혼자 어색하게 앉았다. 우연히 한 테이블에 앉게 된 일행은 스쿠버다이빙 강사인 영국인 그렉, 말이 엄청 많던 여행사 사장인 중국인 잭, 수염이 길고 가장 연장자로 보이는 존이었다. 다들 전문 배우가 아닌 하루 엑스트라였기에 연기에 대한 부담도 없었고 그저 함께 좋은 추억을 만들자고 이야기하며 금세 친해졌다. 밥을 다 먹고 나니 어떻게 알았는지 안내원이 바로 와서 따라오라고 했다. 의상실에서 옷을 주는 대로 입고 메이크업과 간단한 헤어 손질도 받았다. 장면에 어울리는 머리핀과 신발, 소품 등이 있는 곳으로 이동해서는 원하는 걸 골라서 하고 나오라고했다. 엑스트라라서 흐릿하게 나오거나 아예 안 나올 것을 알고 있었지만 내심 조금은 내 모습도 영화에 나오지 않을까 하는 기대를 하며 나름대로 한껏 예쁘게 꾸몄다.

 가까운 거리를 다시 봉고차를 타서 보안을 유지한 채 이동하였고, 나의 촬영 장면은 두 가지였다. 바로 옆인 버스터미널에서 그렉과 커플이 되어 배회하는 것과 그 안쪽 시장에서 잭과 둘이 물건 사는 척 돌아다니며 자연스럽게 시장 사람들과 대화하는 것이었다. 별거 아닌 장면 같지만 실제로는 같은 장면을 이 각도, 저 각도에서 20번 넘게 찍게 되었고 똑같은 움직임을 계속 반복하는 것은 생각보다 힘들었다. 그래도 촬영 중간에 아침 식사 동료와 수다도 떨고 많이 웃기도 하며 친해졌다.

나와 커플 촬영을 해야 했던 그렉과 나는 촬영 장면에서 말하는 척을 계속해야 해서 대화를 많이 했다. 그렉은 한국과 북한의 관계에 대해서 궁금해하며 진지하게 물어보았다.

"현재 휴전상태이고 북한은 핵까지 보유하고 있다고 하니 너무 위험해 보이는데, 너는 정말 괜찮은 거야?"

실제로 한국은 밤에 돌아다녀도 괜찮은 안전한 나라이고 분단국가 상태이긴 하지만, 이것에 나는 익숙해져서 위험성을 잘 느끼지 못한다고 내 생각을 말해주었다.

잭과 나는 같은 동양인이라서 그랬는지 자매처럼 시장을 돌아다니는 역할이었는데 잭은 부산도 한 달 전에 다녀왔으며 한국인을 좋아한다고 말했다. 본인은 중국인이지만 중국인이 모이면 너무 시끄럽고 말도 잘 안 들어서 관리하기 힘들다고 농담도 했다.

사실 나의 실수로 촬영이 중단되고, 나는 크게 혼나기도 했었다. 영화의 배경이 섬나라이기 때문에 머리를 땋아서 큰 분홍색 꽃 머리핀을 내 머리 왼쪽에 꽂고 시장 장면을 촬영 중이었다. 한 다섯 번 정도 반복해서 찍고 나니까 나는 거의 뒷모습만 나오는 것 같았다. 나중에 영화에서 나를 알아보고 싶어서 나는 머리핀이 잘 보이도록 위치를 바꿔 머리 뒤로 꽂았다. 한 열 번 정도 촬영이 반복되던 중 갑자기 감독이 화가 나서 마구 소리를 질렀다.

"이거 분홍 꽃 머리핀 낀 사람 누구냐!!"

나는 촬영 시간이 오래 걸리기도 했고 엑스트라 동료들과 수다도 떨다 보니 그게 나일 거라고는 생각하지 못했다. 그런데 알고 보니 그게 나였고 감독은 내 앞에 와서 씩씩거리며 대체 왜 머리핀의 위치를 네 마음대로 바꾼 거냐고 물어봤다. 나는 소리치는 감독과 주목받는 이 상황에 너무 놀라서 눈에 눈물이 그렁그렁 맺혔다. 다시는 마음대로 아무것도 움직이지도 바꾸지도 말라는 그의 당부를 듣고 눈이 동그래져서 끄덕였더니 감독은 돌아가서 촬영을 재개했다. 이후 나는 무엇도 자율적으로 행동하지 않았다. 그 당시에는 당황해서 어차피 제대로 나오지도 않을 엑스트라인데 머리핀 하나로 사람에게 이렇게 무안을 주나 하고 울컥 화도 났던 거 같다. 그런데 이성적으로 생각해보니 나는 정말 민폐였다. 그렇게 많은 사람이 투입되고 준비된 영화의 한 장면을 나 한 사람 때문에 망칠뻔한 것이다. 감독님과 촬영에 관련한 모든 사람에게 지금도 너무 미안한 마음이 든다.

이건 비밀인데 사실 나는 머리핀의 위치를 바꿔 끼기 직전에 신발도 갈아 신었었다. 내 신발이 아니라 제공된 구두를 맨발로 신다 보니 뒤꿈치가 다 까져서 시간이 지날수록 제대로 걸을 수가 없어서다. 그러나 감독에게 나의 신발 변화는 걸리지 않았다. 나는 이 사실을 감독에게 솔직히 말하지도 신발을 원래대로 다시 갈아 신지도 못한 채 촬영을 마쳤다.

존은 종일 이어진 촬영이 끝나고 나에게 다가와 말했다.

"당신이 신발 갈아 신은 거 난 알아요.

영화에서 나랑 당신만 그걸 발견해 내고 웃을 수 있을 거예요."

존의 말은 감동적이었지만 그 말을 듣고 난 후, 나의 마음 한구석에는 신발이 계속 마음의 짐처럼 남아있었다. 머리핀은 감독이 발견했기 때문에 영화에 수정되어 나오겠지만 신발은 옥에 티가 될 수도 있기 때문이다.

영화 '어드리프트:우리가 함께한 바다'는 내가 한국에 돌아오고 나서야 개봉했다. 다행인지 아닌지 나는 영화에 단 한 장면도 나오지 않았다.

[페이스북 모집공고]   [합격 문자]   [촬영 현장 사진]

🎼 인생 처음으로 마라톤에 참가해 보다!

작은 규모의 마라톤을 포함한 여러 행사가 피지에는 참 많다. 그런데 뉴스에 나올 만큼 크게 하는 행사는 몇 가지 되지 않는다. 7월 중에 피지의 대형 생수 회사 중 하나인 아일랜드 칠에서 후원하는 큰 규모의 마라톤 행사가 있었다. 이 마라톤 행사는 각종 신문과 방송, 페이스북 등을 통해 대대적으로 홍보되었고, 나는 어디서 나온 용기인지 한번 도전해 보고 싶어져서 홈페이지에 들어가 사전 등록신청을 했다. 한 번도 마라톤을 해본 적이 없으며 달려 본 지도 오래되었는데 마음에 어떤 바람이 불어 신청했는지는 모르겠다. 그저 막연히 달릴 수 있을 때까지 달려보고 싶다고 생각했었다.

[마라톤 코스지도]

사전신청을 하려니 풀(full) 마라톤(42.2km)과 하프(half) 마라톤(21.1km) 그리고 펀(fun) 마라톤(약 10km)으로 나뉘어 있었고 선택을 해야 했다. 풀 마라톤과 하프 마라톤은 참가비가 조금 있으며 경주 번호를 포함한 경주용 패킷을 미리 부여받아 선수별로 기록을 재주고 순위를 내는 공식 마라톤이었다. 펀 마라톤은 10km만 뛰는 마라톤이어서 그냥 출발 시간에 맞춰 가서 시작 소리에 다 함께 출발하고 스스로 알아서 완주하고 끝내면 되는 거였다. 마음은 하프 마라톤을 하고 싶었지만, 첫 도전이라 완주해낼 자신이 없었다. 나는 10km를 완주하는 것에 목표를 두고 펀 마라톤에 가벼운 마음으로 참가하기로 했다.

펀 마라톤 시작 시각은 아침 7시(풀 마라톤은 5시 반, 하프 마라톤은 6시 반에 시작)였고, 시작 장소는 알버트 공원(Albert Park)이었다. 알버트 공원은 내가 사는 집에서 도보로 10분 정도의 거리에 있었다. 아침 6시 40분쯤 집을 나서는데 이렇게 이른 시간에 집 밖을 나가는 것도 처음이고 생각보다 너무 어두워서 깜짝 놀랐다. 어두울 때 피지는 돌아다니지 않는다는 내가 정한 규칙이 떠올라 대문을 나서기가 망설여졌지만, 밤이 아니라 새벽이고 하늘에 곧 해가 뜰 조짐이 보여서 용기를 내어 발걸음을 옮겼다. 펀 마라톤에는 늦지 않게 도착했는데 이미 사람들이 풀 마라톤과 하프 마라톤에 참가하여 달리고 있어 심장이 두근거리기 시작했다.

많은 후원사가 생수, 과일, 과자 등을 나누어줘서 기분 좋게 받아서 달릴 준비를 했다. 펀 마라톤에는 나이가 많으신 백발의 할아버지, 유모차를 끌고 아기와 함께 나온 엄마, 아기를 안고 뛰는 아빠, 휠체어를 타고 손으로 바퀴를 굴리며 마라톤을 하는 사람, 어린 꼬마 아이 참가자 등 다양한 사람들이 참가했다. 모두가 들뜬 마음으로 출발선에 섰고 총소리와 함께 모두가 달리기를 시작했다.

달려 나가는 순간의 기분은 뭔가 처음 느껴보는 감정이었다. 너무 빨리 달리면 금방 지친다는 조언을 기억해 나름대로 천천히 달리기 시작했다. 달리다가 너무 힘들 때는 빠른 걸음으로 걷다가 다시 달리는 것을 반복하다 보니 마음속이 뭔가 찡해지면서 이 모든 것이 고맙게 느껴졌다. 맑고 파란 피지 하늘을 보며 높게 뻗은 야자수를 지나 오른쪽에 반짝이는 바다를 두고 달리던 그 순간이 지금도 생생하다.

모두가 승부를 떠나 자신과 싸움을 펼치는 것이 마라톤이라는 것도 배웠다. 10km는 생각보다 할 만했다. 중간중간 사진도 찍고, 걷기도 했는데도 한 시간 정도밖에 걸리지 않았다. 한국에 돌아가면 자주 10km 정도는 뛰고 걷고 해야겠다는 생각이 들었다. 피지는 너무 아름답지만 외진 곳은 위험해서 행사가 아니면 혼자 달릴 수는 없을 테니까 말이다.

다음 주 월요일에 출근해서 신문을 보는데, 내가 마라톤에 참가한 사진이 피지 신문에 실려있었다. 평생 한 번도 신문에 나온 적이 없는데 내가 자료사진으로 실려있다는 사실이 너무 웃겼다. 사진은 하필 걷고 있을 때 찍혀서 뛰는 모습이 아닌 게 아쉽기도 했지만, 그래도 기분이 너무 좋았다. 내 발자취가 피지에 기록되고 남겨지는 것 같아서. 학교 선생님들한테도 이거 보라며 막 자랑했더니 함께 신기해하고 웃으셨다.

[물을 주는 쉼터]   [완주 후 인증샷]   [신문 (오른쪽이 나)]

그렇게 그해에는 끝일 줄 알았던 대규모 마라톤 행사가 10월 14일 토요일에 또 있다고 했다. 이번에는 취지도 좋았다. 당뇨병에 대한 후원이 목적이었고, 이전의 마라톤 행사와 다른 점은 5km 마라톤만 있다는 것이었다. 참가비로 1달러만 내면 되고, 시간 맞춰 출발하여 알아서 달리면 되는 저번보다는 다소 작은 규모의 마라톤 행사였다. 의미도 좋고 5km는 부담도 안 될뿐더러 아침에 아름다운 수바의 해변 길을 한 번 더 안전하게 달릴 기회를 놓칠 수 없어 아침에 눈을 번쩍 떴다.

이번에는 출발지점이 좀 달라서 버스를 타고 가야 했는데 주말이라 배차 간격이 긴 것인지 평소 자주 오던 버스가 늦게 오는 바람에 출발 시각에서 조금 늦었다. 9시 시작이었는데 조금 늦어버린 탓에 모두 출발해 버린 곳에 혼자 늦게 달리기 시작하니 사기가 꺾여서 천천히 뛰었고, 많이 쉬면서 걸었다. 중간에 아는 사람들도 만나 인사하기도 하고 수다도 부리면서 완주하니 약 35분 정도가 걸렸다. 그래도 스스로 5km 완주에 뿌듯함을 밀려왔고 몸도 가벼워지는 느낌이었다. 완주했더니 행사장에서 피지 워터(가장 유명한 생수)랑 에코백도 선물로 받고 과일이랑 코코넛도 먹었다. 달린 후 먹는 코코넛 워터는 이온 음료 같은 역할을 하는 데 마라톤 후에 마시니 정말 꿀맛이었다.

많이 뛰지도 열심히 뛰지도 않은 것 같은데도 다음 날 온몸이 쑤셨다. 한국에 가서도 5km의 마라톤(30분 정도의 느린 달리기)은 꾸준히 해야겠다고 또 다짐해보았다. 과연 나는 지금 이를 실천하고 있을까? 적어도 이 책을 쓰고 있는 지금은 아직 실천하지 못하고 있다.

5) 해외 생활을 잘하려면 사람이 제일 중요하지

1년이란 시간이 나에겐 짧게만 느껴져서 만나는 인연들과 시간을 공유하는 순간순간에 충실했고 소중하게 여겼다. 이 순간들과 인연들이 모여 나에겐 가치 있는 시간, 행복한 기억이 되었다. 어디에서 누굴 만나든, 또 무엇을 하든지 그 순간에 집중하는 것은 삶을 풍요롭게 만든다. 피지에서의 따뜻한 인연들 덕분에 나는 웃음을 찾고 돌아왔다. 지금 나는 모르는 사람에게도 방긋 먼저 웃는 사람이 되었다.

피지에서 함께 일하던 학교 동료 선생님들은 모두 너무 따뜻하게 대해주셨고 유쾌한 분이 많아서 늘 감사하고 즐거웠다. 학교 선생님들 이외에 너무나도 나의 피지 생활을 풍요롭게 만들어 주신 분들과 배움들을 소개해보고자 한다.

스포츠를 배우고 싶은데 마침 피지에 왔다면 행운이다. 테니스, 골프, 수영 등을 한국보다 훨씬 저렴하게 더 좋은 환경에서 배울 수 있기 때문이다. 나는 골프나 수영도 배우고 싶었으나 집에서 코트가 가까워 접근성이 좋았던 테니스를 배우고 돌아왔다.

테니스를 배우기로 결심하고 들뜬 마음으로 테니스장을 방문해 개인 레슨을 받고 싶으니 코치님을 연결해달라 문의했더니 지금은 강사 일정이 꽉 차 있어서 신규회원을 받기가 어렵다는 답변을 받았다. 테니스 일대일 개인 레슨이 약 25 피지달러에서 50 피지달러 정도로 한국 돈으로는 15,000원에서 30,000원 정도이고 60분을 꽉 채워 성실하게 알려주기 때문에 나 같은 외지인들(한국인, 중국인, 미국인, 호주인 등)은 피지에 오면 테니스를 많이 배운다. 나는 너무 아쉬웠지만 가능한 강사가 생기면 바로 연락 달라고 전화번호를 남긴 채 돌아올 수밖에 없었다. 그러다 우연히 알게 된 한국인 친구의 남편이 테니스 강습을 받고 있어서 그 코치의 연락처를 받을 수 있었다. 용기를 내어 연락한 그래햄 선생님과 인연은 이렇게 시작되었다.

그래햄 선생님은 선수 생활을 하다 은퇴를 하였으며, 인도 피지언 (피지에 정착해 사는 인도인)이셨다. 학창 시절은 피지에서 보냈고 결혼을 한 이후에는 호주에서 쭉 살았다고 하셨다. 은퇴 이후 노년의 삶은 고향인 피지에서 지내고 싶어서 가족을 설득했으나 가족들이 동의하지 않아 혼자 피지로 돌아왔다고 했다. 가족들이 가끔 보고 싶지만 그래도 내 삶도 소중하고 본인은 피지에 사는 게 너무 행복하다고 하셨다. 강사 중에 나이가 제일 많은 편에 속했지만, 운동을 매일 하셔서 그런지 나이를 느낄 수 없었다. 긍정적인 마인드와 지치지 않는 도전정신을 가진 분이셔서 수업 중간중간 대화시간이 너무 즐거웠고 나는 선생님과 좋은 친구가 되었다.

나는 테니스를 이전에 배워본 적이 없었다. 완전 처음 배우는 거였는데, 기초를 강조하시고 쉬운 영어로 하나씩 시간을 꽉 채워서 알려주셔서 재미가 붙었고 조금씩 테니스 실력도 늘었다. 처음 테니스장에 도착하면 선생님과 눈인사를 하고 내 순서 바로 전의 수강생이 마저 배우는 동안 나는 운동장을 가볍게 달리며 몸을 풀어야 했다. 게처럼 옆으로 발을 교차해가며 걷기도 하고 스트레칭도 하면서 몸의 굳어있는 부분들을 미리 풀어 주었다. 이때도 열심히 안 하면 선생님이 저 멀리서 어떻게 보시고는 뭐라고 하셨다. 그렇게 천천히 몸을 풀고 있다 보면 내 레슨 차례가 되었다.

"공에 집중해라!"

"Catch and release!"

"잘하고 있다."

"발과 몸을 부지런히 움직여라!"

등의 조언들과 함께 60분간 쉴새 없이 공을 치고 몸을 움직여야했다. 선생님 말씀에 집중해서 하다 보면 정말 공이 원하는 곳으로 쳐지고 더 멀리 날아가곤 했다. 레슨 중 나에게 온전히 집중해주면서도 끊임없이 "잘하고 있고 저번보다 늘었다!"하고 칭찬을 해주시는 선생님을 보며 나도 학생을 가르칠 때 저런 화법으로 학생들을 대해야겠다고 교수법을 배우기도 했다. 테니스만 배우는 것이 아니라 선생님의 태도에서 내 삶의 자세도 돌아볼 수 있었다. 천천히 또박또박 알려주는 말투, 진실한 눈빛, 학생에 대한 관심. 선생님과 나눈 수다들도 끝에는 항상 인생 교훈을 담고 있어서 레슨이 끝나면 정신적으로도 만족감이 차올랐었다. 그래서인지 마지막 수업을 할 때 헤어짐이 너무 아쉬워서 눈물도 나왔었다. 그래햄 선생님은 피지에서의 소중하고 감사한 인연 TOP3 중 한 분이다.

마지막 수업이 끝나고도 선생님과 따로 만나 영화도 보고 피자도 먹었었다. 친구가 되는 데 나이는 중요한 것이 아니라는 걸 그래햄 선생님으로부터 배웠다. 마지막 만남에서 선생님은 할리우드 스타 (그래햄 선생님 말로는 안젤리나 졸리도)나 세계적인 부자만 들어갈 수 있는 작은 섬의 리조트로 일하러 가게 돼서 이제 못 볼거라고 하셨다. 그 곳의 숙박비는 1박에 천 만원 이상이며, 한 숙박 동이 섬 안의 작은 섬들에 따로따로 떨어져 있어 사생활 보호가 완벽한 곳이고 매우 아름답다고도. 그곳에서 선생님은 액티비티 강사로 일할 거라고, 팁이 어마어마하다고 하시며 지금과는 또 다른 새로운 삶에 들뜨고 설렌다고 말했다. 아무나 올 수 없는 곳이지만 자신에게 연락을 주면 배로 들어오는 길을 마련해 줄 테니 꼭 한번 놀러 오라고도 웃으며 이야기 했다. 은퇴 이후의 삶도 다양한 도전과 함께하는 그래햄 선생님과의 대화는 늘 즐거웠다.

 정말 연락했다면 나는 그 섬에 들어 가볼 수 있었을까? 지금 그래햄 선생님은 어디에서 무엇을 하고 계실까?

[그래햄 선생님과 테니스 수업]

.˙⁻⁻·마음 잘 맞는 언니 같았던 영어 과외선생님 미쉘 샘·⁻˙⁻.

내가 피지에서 가장 좋아했던 사람이 누구였냐고 물어본다면 단
연코 미쉘 샘이다. 미쉘 샘은 나의 영어 개인 과외선생님으로 일주
일에 두 번, 한 시간씩 우리 집으로 와서 영어를 가르쳐 주셨다.
(과외비는 회당 한국 돈 만원 정도로 저렴했다)

선생님을 만나는 건, 친한 언니가 집에 놀러 와서 여러 가지 고
민과 푸념을 함께 나누고 서로 위로하고 걱정해주는 시간과 같았
다. 누군가와 잘 통하는 대화를 하고 나면 사람은 힐링이 된다. 마
음 잘 맞는 사람과 주기적으로 수다 떠는 것 같았던 미쉘 샘과의
수업 시간은 외로운 타지생활 속에서 나에게 큰 위안이 되었다.

실제로 수업의 주제는 가벼운 수다를 떠는 것과는 다르게 사회적
이슈나 토론이 가능한 것들이었다. 대화 속에서 각자의 가치관을
나누고 서로를 이해하고 새로운 관점을 배우는 시간이 나는 참 좋
았다. 미쉘 샘은 책임감 있어 시간을 꼭 지키셨고 배우는 학생인
내가 원하는 방향을 먼저 물어보고 반영하여 수업했다. 또한, 전
시간에 수업한 것 중 미흡한 것이 있었으면 다음 시간에 정정하거

나 다시 정리하는 등 꼼꼼함도 가졌다. 우리는 성향이 잘 맞아서 피지에서 지내면서 궁금한 의문들(왜 인도피지언과 피지언은 아주 친해보이지 않는지?, 인도피지언도 인도인처럼 남성중심사상이 지배적인지? 등), 인간관계에 대한 고민(만나자마자 너무 친한 척하는 사람은 무슨 심리인지?, 아이들과 거리 두기를 해야 하는지? 등), 각자 수업 중 생긴 고민(미쉘 샘의 다른 한국인 학생이 숙제를 너무 안해오는 데 어떻게 해야 하는지 물어보거나, 내 학교 수업 중 너무 시끄러워진 한 학급에 대한 고민 등)과 그 당시의 개인적, 사회적 에피소드에 대한 생각을 가감 없이 나누었다. 미쉘 샘과 나는 서로 진심으로 상담하고 조언해주는 멘토이자 친구가 되었다.

 가장 기억나는 수업 중 하나는 피지의 가장 좋은 대학인 USP(The University of the South Pacific)의 남학생들이 커플일 때 사진이나 영상으로 둘만의 추억을 찍은 것을 남학생커뮤니티(SNS)에 자랑하듯 공개한 것에 대한 토론이었다. 이 사건은 상대 여학생들이 자살하거나, 자퇴, 가출 등을 하게 되어 당시 심각한 사회 문제로써 신문에 크게 보도되기도 했다. 내가 일하는 여학교에서도 이 사건을 계기로 자신의 몸을 소중히 해야 함을 선생님들이 학교 학생들에게 교육했기 때문에 나도 이 사건을 알고 있었다. 이 주제로 서로 대화를 나누는 과정에서 사진을 함께 찍은 여자도 잘못이 있는 것인지, 아니면 둘만 간직하기로 하고 약속을 어긴 남자의 문제인 것인지 이야기 나누다가 몰입하여 너무 화가 나고 안타까운 마음이 든 미쉘샘은 눈물까지 보였다. 실제로 인도인 가정교육은 아직 남성 우월 사상이 남아있고 여자에 대해 보수적이라 여학생들의 마음이 너무 이해된다고 했다. 사랑은 함께 했으면서 신뢰 관계를 바탕으로 찍었던 사진을 모두가 볼 수 있는 곳에 공개하는 남학생들에 대한 배신감과 배려 없음에 분노하기도 했다. 사진들이 얼굴까지 함께 공개되었기 때문에 앞으로 어떻게 살아가야 할지 막막할 것이며 집에서도 위로를 받지 못하고 내쳐졌을 거라며 속상해했다.

무슨 토론을 하고 어떤 이야기를 나누든 진심으로 의견을 나눠 주시고 미쉘 샘의 생각이 나는 너무 공감이 되곤 해서 선생님과 이야기하는 시간이 늘 좋았다. 수업이 끝난 후 한동안 혼자 멍하니 앉아 나눴던 대화들을 곱씹어볼 때도 많았다. 그 시간이 지금도 너무 그립다. 선생님을 주머니에 넣어 한국으로 모셔오고 싶다는 생각도 했을 만큼 좋았다.

그렇게 6개월 동안 잘 수업받고 있었는데 선생님께서 7년간 바라오던 아기가 생겨서 한 달 정도만 더 일하고 쉬어야겠다고 말했다. 행복했던 이야기 시간이 생각보다 일찍 끝나야 해서 아쉬웠지만, 선생님께 찾아온 아기천사의 방문이 나도 너무 기뻤다. 마흔이 넘은 노산이셔서 어쩔 수 없는 일이었다. 무사히 출산 후 나에게 아기 사진과 함께 잘 지내고 있냐는 연락을 해 주셨다. 나는 아기

옷과 축하 케이크를 사서 선생님 집을 방문했고 너무나도 작고 귀여운 아가를 안아볼 수 있었다. 미쉘 샘과는 지금도 메일을 통해 가끔 안부를 주고받는다.

[미쉘샘과 영어 과외 중]

.⋱.아침 출근을 고정적으로 책임져 준 택시기사 맘마치.⋱.

맘마치는 마음 따뜻한 옆집 할아버지 같았다. 언제든 도움이 필요하면 연락하라고 하셔서 든든했고, "I'm your second father."라고 이야기하시고는 했었다. 글을 쓰고 있는 이 순간 잘 지내고 계실지 안부가 가장 궁금한 분이다. SNS를 하지 않으셔서 한국에 돌아온 지금 연락할 방법이 마땅히 없어서 아쉽다.

학교로 첫 출근 하기 전 미리 근무할 학교의 위치와 집에서 학교로 가는 데 걸리는 시간, 이용할 교통수단 등을 조사해놓아야 할 것 같았다. 피지의 수도 수바로 파견 오게 된 선생님들과 학교가 가까운 사람끼리 각자의 학교를 함께 탐방하기로 했다. 그 결과 함께 한집에 살기로 한 5명 모두가 학교로 가는 방향은 같았고 그중 한 친구는 걸어서 갈 수 있는 거리여서 빠지고, 나머지 넷이 함께 한 대의 택시를 타고 다니기로 했다. 택시비는 집에서 학교까지의 거리에 비례하게 계산하여 나누어 내기로 규칙도 정했다. 매번 집 근처에서 다른 택시를 잡아타고 며칠 다니다 보니 네 명이 내리는 곳이 다름을 매번 설명해야 했고 조금씩 달라지는 금액 정산도 번거로웠다. 그래서 일단 택시를 타봐서 좋은 택시기사를 만나면 매일 아침 고정적으로 우리를 태워달라고 예약을 하기로 했다. 그렇게해서 만나게 된 택시기사가 바로 '맘마치'이다.

매일 아침 집 앞에 대기하고 있는 맘마치 덕분에 우리만의 전용 기사가 생긴 것 같았고 무엇보다도 안전하게 출근을 할 수 있어 좋았다. 출근하면서 걸리는 택시 안에서의 약 15분 정도의 시간 동안 나누던 맘마치와의 대화도 즐거웠다. 피지의 여러 문화나 최신 정보를 알려주셨고 조심해야 할 것도 늘 강조하셨다. 아, 대화 내용 중 특이해서 기억나는 것 하나는 가끔 전깃줄에 신발이 걸려 있는 걸 보고 내가 무심코

"누가 신발을 저기다가 던져서 올린 걸까요?

가끔 저렇게 신발이 걸려있는 게 보여서 웃겨요."
했더니 맘마치가 진지한 얼굴로

"저렇게 신발이 걸려있는 건 마약 거래가 있을 거라는 표시야.

아는 사람은 다 알아."
라고 하셨다. 사실인지 확인할 길은 없지만 그럴 수도 있을 거란 생각이 들었었다.

내 첫 번째 방학에 남자친구가 피지로 놀러 왔을 때도, 두 번째 방학에 가족이 나를 보러 왔을 때도 맘마치는 언제든 전화하면 바로 달려와 주셨다. 좋은 스팟에서 멈춰서 사진을 찍어주기도 하고, 그 장소에 대해 설명해 주기도 하셨다. 맘마치는 내 남자친구를 유심히 보고는 나중에 따로 괜찮은 사람이니 만나도 괜찮겠다며 아빠처럼 조언해주을 해주기도 했다. 가족들이 왔을 땐,   우리 아빠

에게 본인이 피지에서는 내 아빠라고 얘기해서 진짜 아빠를 당황하게 했었다. 그리고는 본인이 있으니 걱정하지 말라고 아빠에게 안심시키는 이야기도 해 주셔서 부모님께서 기뻐했던 기억도 있다.

무슬림 축제 기간에 집에도 초대해 주셔서 룸메이트들과 함께 맘마치의 집에 방문하기도 했었고, 내가 이사를 할 때 이삿짐을 나르기 위해 여러 번 왔다 갔다 같이 해주시기도 했다. 피지의 어딘가를 걷고 있을 때 우연히 나를 발견하면 반갑게 다가와 어디가냐고 묻고는 몇 번이나 돈도 받지 않으시고 데려다 주시기도 했었다.

주황색 택시기가 맘마치는 다소 무서운 해외 생활에 든든한 인연이었다. 다시 만날 수 있다면 정말 감사했다고 한 번 더 전하고 싶다.

[주황택시기사 맘마치]

 피지에 가장 큰 대학인 USP(The University of the South Pacific, 남태평양 대학교) 안에 체육관에서 매일 저녁 6시에 줌바 수업이 있었다. 한 달 수강료를 미리 내는 시스템이 아니라 매번 갈 때마다 5 피지달러 즉, 3,000원 정도만 내면 약 한 시간의 줌바 수업에 참여할 수 있었다. 줌바선생님도 배우는 학생들도 모두 열정이 가득해 흥이 넘치는 수업 분위기 속에서 즐겁게 배울 수 있었다.

 타지에 가니 아프면 안 되고 건강을 잘 유지해야 한다는 생각이 강하게 들었다. 한국에서는 하지 않던 운동도 매일 하고 되도록 많이 움직였으며 건강한 음식을 먹으려고 노력했다. 줌바와 테니스를 배웠고 스노클링과 스쿠버다이빙, 바다 수영도 자주 했으며, 유튜브를 보며 요가나 홈트도 따라 했다. 노력하니 신기하게도 몸이 조금씩 가벼워지고 건강해지는 게 느껴졌다. 그래서 더 열심히 일할 수 있었고 또 열심히 놀 수 있었다.

피지에서 지내는 동안 적어도 일주일에 세 번은 줌바 수업에 참여하기로 나 자신과 약속했었고 지키려고 노력했다. 줌바 수업에 가기 전에는 20분 거리의 USP를 찾아 가는 게 귀찮아서 출발을 망설일 때도 있었지만, 수업을 마치고 나면 항상 기분이 좋았다. 인도피지언이었던 줌바선생님은 긍정적인 에너지를 가진 아주 매력적인 분이었다. 자신도 예전에는 80kg까지 나갔었고 건강이 안 좋아져서 운동을 시작했다고 했다. 실제로 페이스북에 선생님의 예전 사진을 보면 지금의 건강하고 탄탄한 몸매를 상상하기 어려웠다. 하루 한 시간씩 전신운동을 해나가면 모두 선생님처럼 될 수 있다고 하는 이야기는 나에게도 동기부여가 되었다. 또한, 선생님의 몸에는 남다른 그루브가 있어 줌바를 배우면서 춤추는 즐거움뿐만 아니라 춤을 보는 즐거움도 있었다.

처음 배우는 노래가 나오면 동작이 빠르고 박자를 맞추기가 어려워 몸이 말을 듣지 않았지만 몇 번 반복하다 보면 신기하게도 즐기고 있는 나를 발견 할 수 있었다. 리듬에 몸을 싣게 된다는 말의 뜻을 처음으로 이해했다. 살면서 내 몸을 이렇게 자유롭게 흔들어 본 적이 없는데 온몸을 흔들며 이리저리 발 빠르게 움직이면 땀이 줄줄 나고 흥이 났다. 신나는 노래에 맞춰 선생님을 따라 춤을 추다 보면 운동이 끝났고, 나는 머리끝부터 발끝까지 엄청 개운해졌다. 내 몸이 이렇게 부지런히 움직이고 온몸의 살들이 흔들려본 것은 그때 줌바 수업 이전과 이후에도 없는 경험이라서인지 지금도 그때를 떠올리면 그 순간이 생생하게 그려져서 웃음이 나온다.

그때 줌바를 배웠던 노래가 어디선가 들려오면 나도 모르게 내 몸이 반응하여 들썩거린다. 이 글을 쓰는 순간 줌바의 그 에너지가 그리워지는 걸 보니 언젠가 꼭 다시 배워봐야겠다는 생각이 든다.

[줌바클래스 (USP 내 체육관)]

6) 다양한 종교의 공존과 상호 존중

  피지에는 인도인이 정말 많이 살고 있어서인지, 피지행사일과 인도행사일이 모두 국경일로 정해져 있어서 신기했다. 다양한 인종이 사는 만큼 믿는 종교도 다양한데, 사람들이 종교를 대할 때, 자신의 종교에 대한 전통을 잘 유지하면서도 타 종교의 의식도 존중하는 것이 보기 좋았다. 1년간 모든 국경일을 현지 사람들과 함께 보내보면서 모든 종교의식에는 '행복'과 '안녕'을 비는 마음이 들어있다는 것을 알 수 있었다. 나 혼자만의 행복을 비는 것이 아니라 모두의 행복을 비는 걸 보며 내 마음이 뭉클했었다.

  여러 종교 행사 중 내가 인상 깊었고 실제로 체험했던 세 가지 행사에 대해 이야기를 나눠보고자 한다.

먼저, 크리스마스 이야기를 해보자. 전 세계가 똑같이 날짜는 12월 25일이지만 계절적으로 이렇게 더운 여름 크리스마스를 겪어보는 건 나에게 처음이었다. 그래서 이름 붙인 '그린 크리스마스'.

한국에서는 화이트 크리스마스이길 매번 바랐고 크리스마스에 눈이 오면 기뻐서 껑충껑충 뛰기도 했었는데, 여기에선 녹음이 우거진 그린 크리스마스다. 어느 나라에 가든지 크리스마스에는 빅세일을 하고, 대형쇼핑몰에는 커다란 크리스마스트리와 그 앞에 산타클로스 할아버지가 있다. 여기 피지도 마찬가지였다. 저마다 산타클로스와 사진을 찍으려고 줄을 길게 서 있기도 했고, 양손에는 가족들에게 줄 선물과 케이크를 양손 가득 들고 있기도 했다. 더운 나라에서도 크리스마스에는 서로 덕담을 주고받고 어린아이에게 선물을 주었다. 특이했던 건 사람들이 유난히 빨간 옷을 많이 입고 있다는 것. 피지는 행사 때마다 옷의 색깔을 다 같이 맞춰 입는 것을 좋아한다. 축제 분위기를 즐기는 사람이 많은 것이 당연한데 더워서인지 나는 새삼스럽게 신기하다고 생각했다.

크리스마스가 더운 날씨일 수도 있다는 것에 어색함을 느끼며 내가 얼마나 좁은 세상에서 살아온 것인지 다시 한번 깨달았다. 그리고 언제 다시 만날지 모르는 그린 크리스마스를 나도 한번 즐겨보기로 했다. 빅세일에 발맞춰 나도 쇼핑몰로 달려가서 나를 위한 크리스마스 선물로 목걸이와 향수를 샀다. 나를 잘 챙기는 일은 내 내면을 풍요롭게 해주었다. 한국에서는 가족들과 케이크를 자르곤 했었는데 부모님께서는 무얼 하고 계시는지 궁금해져서 한참 동안 영상통화를 하기도 했다. 오후에는 함께 사는 룸메이트들과 두 종류의 스파게티를 푸짐하게 만들었고, 과일과 와인을 사서 우리끼리 작게나마 크리스마스 파티를 했다.

피지에서 맞은 크리스마스 시기에는 피지에 간 지 얼마 안 된 때였고 아직 집을 구하지 못했던 시기이다. 수바로 파견 온 선생님들 모두 함께 에어비앤비로 집 한 채를 빌려서 몇 주를 버티고 있는 중 이었다. 이 집에는 쥐도 바퀴벌레도 많아서 매일 밤 소리를 질렀던 기억이 있다. 지금은 웃음이 나지만 내 집이 없다는 것은 마음을 불안하게 했었다. 집을 구하는데 발품을 파느라 다들 지쳐있는 상태였지만 크리스마스 하루만큼은 다들 오랜만에 한자리에 모여 웃으며 늦게까지 수다를 나눌 수 있었다.

·˙˙·.˙˙·.EID MUBARAK (이드 무바라크).˙˙·.˙˙·.

피지에서는 다양한 출신의 사람들이 함께 살기 때문에 각 나라의 중요한 종교일이 국가 공휴일로 지정되어있다. 우리나라에서 석가탄신일, 크리스마스가 공휴일인 것처럼 말이다.

아침 출근길에 고정해서 타고 있는 택시기사 맘마치는 '무슬림'이다. 택시 안에서 맘마치와 나는 계속 대화를 나누는데 이때 나는 그로부터 새로운 지식을 배우고는 했었다. 라마단 기간에 금식을 하느라 평소보다 홀쭉해지신 맘마치는 기쁜 얼굴로 "이드 무바라크"라고 몇 번을 반복해서 이야기했다. 이제 라마단 기간이 끝나 파티를 열 것이니 휴일에 선생님들 다 같이 집으로 놀러 오라고 초대를 해주셨다. 친한 친구같았던 맘마치의 초대에 선생님들과 나는 흔쾌히 가겠다고 했다.

나는 혹시 남의 집에 가서 말실수를 할까 걱정되어 라마단과 이드 무바라크에 대해 미리 공부도 했다. 그 내용은 다음과 같다.

이드 알 피트로(Eid al-Fitr)는 종교적 금식 기간인 라마단이 종료됨을 의미하는 무슬림의 휴일이다. 라마단을 지키는 것은 이슬람교도에게 가장 중요한 다섯 가지 계율(신앙 고백, 예배, 헌금, 금식, 성지 순례) 가운데 하나이다. 이 휴일에 사람들은 "이드 무바라크"라는 말을 서로 하는데 이것은 "happy holiday"라는 뜻이라고 한다. 라마단이 끝나는 날, 무슬림 사람들은 무사히 금식이 끝나고 일상의 삶으로 돌아오는 것을 기뻐하며 축하하기 위해 새 옷으로 갈아입고 친척과 친구들을 방문하거나 집으로 초대해서 음식을 대접하고, 선물을 교환한다고 한다.

초대를 받은 날, 나와 룸메이트들은 함께 작은 간식 선물을 사서 맘마치의 집으로 갔다. 피지에 와서 처음으로 방문하는 현지인의 집이라 두근두근 좀 설레기도 했고, 새로운 문화를 접한다는 생각에 이런 기회를 준 것에 대해 고마움도 느꼈다.

맘마치는 부인과 딸, 두 아들을 소개해주었는데 한국에서 온 친구들을 초대한 것에 대해 자랑스러워하는 것이 느껴졌다. 가족 모두 표정이 밝았고, 화목하다는 게 딱 느껴져서 기분이 좋아졌다. 특히 부인께서 친절하게 대해주셔서 편안하게 있다 올 수 있었다. 파티 음식으로 인도 음식인 달, 커리, 스위티(달콤한 빵, 과자)와 각종 푸딩과 과일 등의 음식이 뷔페처럼 펼쳐져 있었고, 방문한 사람들이 서로 오픈된 마음으로 대화를 나눌 수 있는 분위기라 함께 어울리며 즐거운 시간을 보낼 수 있었다. 종교와 문화는 각기 다르더라도 서로를 위하는 마음은 공통이라는 것이 느껴졌다.

"이드 무바라크(EID MUBARAK)!"

.·˙·..·˙·.빛의 축제 디왈리(Diwali).·˙·..·˙·.

  10월 19일이 피지에서는 공휴일(Public holiday)이고 '디왈리' 축
제의 날이었다. 이미 앞쪽에서 언급했지만 피지인구의 40% 정도를
인도피지언이 차지하고 있는데, 이 인도피지언들이 인도 전통 행사
를 피지에서도 잘 유지하고 있었다. 이에 내가 피지에 와 있는 건
지 인도의 어떤 도시에 있는 건지 혼동이 올 때가 종종 있곤 했다.
축제 디왈리 때도 그랬었다.

  디왈리는 힌두 달력 여덟 번째 달(Kārtika, 카르티카)인 초승달이
뜨는 날을 중심으로 닷새 동안 집과 사원 등에 등불을 밝히고 힌
두교의 신들에게 감사의 기도를 올리는 전통 축제로 홀리, 두세라
와 더불어 흔히 힌두교의 3대 축제 중 하나로 손꼽힌다. 그래서
인도인 중에서도 힌두인 사람들만 디왈리를 챙긴다. 디왈리에는 힌
두교의 신들을 맞이해 감사의 기도를 올리는데 이때 신에게 우리
집에 찾아와 달라는 의미로 사람들은 집을 깨끗이 청소하고 집마
다 전등을 예쁘게 달아 밝게 꾸민다. 또한, 밤마다 폭죽을 터트려
마을 곳곳이 번쩍번쩍 빛나기도 해서 '빛의 축제'로 불리기도 한
다. 폭죽을 많이 터트릴수록 귀신을 쫓고 복을 받는다고 생각한다
는데 그래서인지 한밤에도 폭탄 소리 같은 굉음의 폭죽 터지는 소
리가 계속 나서 이틀 정도는 밤잠을 이루지를 못했다.

내가 일하는 DAV girls school은 힌두 학교라서 디왈리 행사를 디왈리 전날에 학생과 교사가 함께 준비하여 치렀다. 교무실 천장을 풍선과 천으로 꾸몄고, 강당에 전교생과 전 교직원이 모여 초를 하나씩 켜고 힌두 의식에 참여하였다. (실제로 힌두를 믿지 않더라도 학교의 행사이므로 모두가 존중하는 마음으로 참여한다)

[디왈리 행사]

미리 힌두 선생님들이 준비한 점심 뷔페(인도 음식)를 나누어 먹으며 서로 "Happy Diwali~"라고 이야기해주며 축하를 해주기도 했다. 나도 이날은 디왈리를 축하하기 위해 인도 전통의상을 빌려 입고 학교에 가기도 했는데 선생님들께서 기뻐하셨다.

또, 평소 친하게 지내던 학교의 한 선생님께서 디왈리 당일 집에 꼭 와줬으면 좋겠다고 초대해 주셔서 함께 파견 온 한 선생님의 가족과 함께 나시누 라는 동네에 위치한 선생님의 댁에 다녀왔다.

집에 들어가는 현관부터 아기자기하게 바닥에 색모래로 만든 그림이 예쁘게 그려져 있었고 다양한 색으로 꾸며져 있어 기분이 좋게 만들었다. 알고 보니 디왈리 축제에 힌두교 사람들은 집에 가족이나 가까운 친구들을 초대해 축제를 함께 즐기고, 스위티(달콤한 간식)를 나누어 먹는 것이 문화라고 했다. 처음엔 수줍어 했지만 친절하게 대해주신 선생님의 남편분과 우리의 방문을 즐거워한 귀여운 아들과 함께 앉아 두런두런 이야기 나누는데 따뜻함이 느껴져 감사했다. 이렇게 예쁘게 꾸며놓고 불을 밝혀놓으니 신들이 찾아올 수밖에 없겠다는 생각이 들었다.

"HAPPY DIWALY!"

[디왈리의 밤 풍경과 학교선생님의 초대]

3부

해외 학교에서 일해보기

All good? All good!

석양이 예쁜 나라 피지로 파견 다녀온
한 수학 교사의 이야기

1) 근무한 학교 소개 및 첫 만남, 수업 준비

근무한 학교 소개 >>>

- DAV girls college 는 여학교로 36 명의 교직원과 310 명의 학생으로 구성되어 있다. 학교는 피지의 수도인 Suva 의 samabula 지역에 있으며, 학교의 Vision, motto, theme 은 다음과 같다.

* Vision : a quality education and training system for all that
  is responsive to changing needs
* School motto : Adapt, Improve and Learn
* School theme : excellence through commitment
  perseverance and cooperation

- 매주 월요일 아침 전체 회의(school assembly)가 있으며, 매주 수요일 티타임(collegial Tea) 및 교직원 회의(Recess) 시간이 있다. (티타임에 먹을 간식은 팀을 나누어 돌아가며 준비한다)

- 학교 시작은 8 시이며 모든 학생과 교사는 8 시 이전에 등교해야 하고, 교사의 아침 당번(Duty)은 매주 돌아가면서 하는데 7 시 40 분

까지 출근하여 아이들의 등교 지도(학교 앞 안전 관리(차량 정리), 학생 교복 관리 등)를 해야 한다.

 학교의 끝은 term 1 에는 3 시 20 분이었고, term 2 와 term 3 에는 국가 연말 고사 준비를 위해 3 시 50 분으로 연장되어 운영되었으며, 연말 고사가 끝나고는 다시 3 시 20 분으로 재조정되었다. (피지는 연말 고사의 과락을 통과하지 못하면 유급되어 다음 학년으로 진급할 수 없어 연말 고사가 아주 중요하다)

- 학교 일정은 3 학기로 구성되어 있으며, 학기 운영 기간은 다음 표와 같았다.

This is a formal note to affirm the 2017 School Term Dates.

There will be three terms as per details below:

TERM	DATES	WEEKS
TERM 1	16/01/2017- 21/04/2017	[14 weeks]
Term 1 Holidays	22/04/2017- 07/05/2017	[2 weeks]
TERM 2	08/05/2017 - 11/08/2017	[14 weeks]
Term 2 Holidays	12/08/2017- 27/08/2017	[2 weeks]
TERM 3	28/08/2017- 24/11/2017	[13 weeks]
Term 3 Holidays	25/11/2017-15/01/2018	[7 weeks]

내가 일했던 학교의 학생 수와 내가 수업한 시간표를 참고자료로 아래 첨부한다.

Dispatched Country	Name of School/ Institute	Name of Principal/ President of the Institute	Contact Number (School/ Institute)
Fiji	DAV girls college	MRS SAHINDRA KUMAR	(+679)338-****

	School Status					
	year 9	year 10	year 11	year 12	year 13	Total
Number of Classes	3	3	3	3	1	13
Number of Students	64	71	70	83	22	310

Class		Day	Day1	Day2	Day3	Day4	Day5	Total Per week
		Class Per Week	3	3	4	3	4	17
	Grade (Number of students)	8:15- 9:20		1301 (22)	1203 (28)		901 (21)	
		8:20- 10:25	901 (21)				1203 (28)	
		10:45- 11:50	1203 (28)	1203 (28)	901 (21)		1301 (22)	
		11:50- 12:55			1301 (22)	1203 (28)		
		1:40- 2:45			1203 (28)	1301 (22)	1301 (22)	
		2:45- 3:50	1301 (22)	901 (21)		901 (21)		

학교에 출근했던 첫날은 교사의 날(teacher's Day)이라 학생들은 등교하지 않고 선생님들만 모여서 새 학기 준비를 위한 회의를 하는 날이었다. 첫 출근이라 두근두근한 마음으로 미리 맞춰둔 피지 전통의상(술루참바)을 입고 출근했다.

새로 발령받은 교사는 교장선생님께 먼저 인사를 해야 한다고 했다. 나는 이 학교로 새로 발령받은 선생님이 세 분과 함께 교장실 앞에서 오래 대기한 후에 교장 선생님을 만나 뵐 수 있었다. 교장 선생님께서는 필요한 사항이 있으면 지원하겠다고 해주시며 환영한다고 해주셨다. 나는 기회를 놓치지 않고 미리 준비한 대로 이 학교에 잘 적응하기 위해서는 멘토 선생님이 필요하며 바로 수업을 하기는 어렵고 1~2주 정도 참관 수업을 하며 배운 뒤 수업하기를 원한다고 말씀드렸다. 또한, 미리 뽑아간 한국교육부와 피지교육부가 체결한 문서(MOU)를 보여드리며 이를 근거로 나는 최소 15시간 이상의 수업을 해야 함을 알려드리고 수업시수 배당을 요청했다. 교장 선생님께서는 이를 흔쾌히 받아들여 나의 멘토 선생님으로 수학과 물리를 동시에 담당하시는 피나우선생님을 지정했고, 2주간은 참관 및 어시스트 교사로서 시간을 보내게 한 후에 확정된 시간표를 주셨다.

나는 9학년(한국의 중3) 한 반의 수학은 전담으로 가르치고, 12학년(한국의 고3) 한 반과 13학년(예비대학과정) 한 반의 수업은 협동 교수법으로 전담 선생님과 함께 가르치기로 결정되었다. 교무실 자리는 멘토 선생님 옆에서 소통하며 많이 배우라고 배려해주셔서 나는 멘토 선생님의 옆자리에 앉게 되었다. 지정된 자리에 앉고 나니 다른 선생님들이 먼저 다가와 인사해주었고, 모두 친절하고 친근하게 대해주셨다.

둘째 날은 학생들을 처음으로 만나는 날이었다. 아이들은 나에게 "굿모닝 마담"이라며 밝게 인사를 했다. 처음 만난 외국인 선생님에게도 싱긋 웃어주며 예의 바르게 인사하는 아이들을 보니 기분이 좋아졌다. 아이들의 교복도 너무 예쁘고, 아이들도 너무 예뻐서 앞으로의 학교 생활이 기대되었다. 등교 첫날은 학교 수업이 없고 학생들은 학교 청소를 하고, 담임선생님으로부터 학교의 규칙을 배우게 되었다. 나도 학생들처럼 하나하나 눈에 담으며 학교의 규칙을 익히려 노력했고, 이곳에서의 나의 역할은 무엇인지를 고민하는 시간을 가졌다.

셋째 날이 되었다. 선생님들의 수업 참관을 시작했는데 내가 느끼기에는 한국과 크게 다를 바 없는 수업이었고 교사의 열정도 대단히 높았다. 서로 수업 노트를 공유하여 가르치는 내용이 반마다 크게 다르지 않도록 맞추었고, 가르치는 방식은 각자의 개성으로 달랐다. 참관해보니 나의 멘토 선생님 수업이 정말 흡입력 있고 재미

있으며 깔끔한 판서 등으로 배울 점이 많았다. 또한, 여러 선생님께서 나의 참관을 불편해하지 않고 오히려 좋아해 주셔서 감사했다.

이렇게 한 주가 지나면서 점점 나는 학교에 적응을 할 수 있었고 수업을 어떻게 해나가야 할지 감을 잡을 수 있었다. 주어진 2주의 시간 동안 유튜브에서 라이브아카데미 또는 다른 영상들을 참고해서 아이들을 가르칠 나만의 판서 노트를 만들고 수업 대본을 미리 짜서 달달 외우기도 했다. 처음에는 수학 용어들의 영어단어가 입에 붙지 않아 시간을 많이 들여서 외워야 했다.
특히, 피지는 교과서를 아이들이 소유하지 못하고 도서관에서 매년 1년간 대여해주고 다시 반납하여 다음 학년에 물려주는 시스템으로 되어있어서, 아이들의 노트필기는 아주 중요했다. 아이들은 필기한 자신만의 노트가 교과서를 대신하는 셈이기 때문이다. 피지에서는 무엇보다도 판서가 중요함을 인지하고는 나도 한눈에 잘 이해할 수 있는 판서 노트를 준비하는 데 시간과 공을 많이 들였다.

나 혼자 교실에 들어가 수업을 시작했을 때 아이들이 모두 바른 자세와 똘똘한 눈빛으로 앉아 내가 하는 이야기에 집중하는 게 느껴졌고, 다들 필기를 열심히 해주었다. 나는 첫 시간에 아이들에게 이렇게 이야기했다.

"나는 영어를 잘하지는 못해. 그렇지만 수학은 잘해. 한국에서 수학을 약 10년간 가르쳐왔고 여기서도 너희를 열심히 가르칠 거야.

선생님이 말하다가 실수를 하거나 잘못된 말을 하면 알려주고 이
해해주길 바라. 너희가 나를 존중해주면 나도 너희를 존중할 거고
이건 관계에서 매우 중요한 거야. 잘 지내보자.”

　아이들이 한국에서는 수학을 영어로 안 배우냐고 물어봤다. 내가
우리는 수학뿐만 아니라 다른 과목도 한국어로 배운다고 했더니
다들 신기해했다. 이어서 ‘math’는 한국어로 ‘suhak’이라고 읽는
다고 칠판에 쓰며 알려 줬더니 너도나도 수학 노트에 ‘suhak’이라
고 적고는 까르륵 웃으며 즐거워했다. 피지는 피지언과 인도피지언
이 함께 있어서 본인의 모국어가 아닌 영어로 수업하는 게 너무나
자연스러운데, 한국은 모국어로 학문을 공부한다는 것을 대단하다
해주는 것이 나도 신기하게 느껴졌다. 내가 수학을 한국말로 배운
것을 자랑스럽게 느끼게 될 줄이야! 내게 주어진 당연한 것들이 다
른 관점으로 보면 행운일 수도 있다는 걸 다시 한번 배우는 순간
이었다.

　아이들은 수업 중 궁금하면 손을 번쩍 들며 질문도 활발하게 하
고, “나와서 풀 사람?”하고 물으면 너도나도 자원해서 서로 나오려
고 한다. (비록 잘 풀지는 못하더라도)

　아이들은 복도에서 만나면 어른에게 길을 비켜주는 게 당연하고,
가르치는 학생이 아니어도 눈이 마주치면 빙긋 웃어주며 인사를
한다. 힌두 학교이고 여학교라서 인지 다소 학교 규칙이 엄격하기

는 하지만 학생과 교사가 서로를 존중하는 분위기의 이 학교가 나는 참 마음에 들었다. 그러다 보니 시간이 지날수록 더 열심히 수업을 준비하게 되었고, 조금이라도 아이들에게 그리고 동료 교사들에게도 더 도움이 되고 싶었다.

[내가 1년간 전담한 9학년 1반 아이들]

2) 적응하기 : 적극적으로 노력하기

다양한 행사에 적극적으로 참여하기

피지의 학교들은 학기 중에 여러 번 ○○week이라고 정해서 한 주간 그 주의 주제에 대해 행사를 하며 깊이 있게 생각해 보는 시간을 갖는다. 피지 사람들은 행사에 진심으로 참여하고 그 의미를 소중히 여긴다. 나도 학생들과 함께 무언가를 의미 있게 그 시간을 함께 보낼 수 있어서 행운이었다고 생각한다. 그중 몇 가지 기억에 남는 행사를 추억해 보고자 한다.

　도서주간(library week)에 학교에서는 아이들이 포스터를 만들어 전시하고, 독서를 주제로 미리 준비한 연설문을 쉬는 시간마다 방송으로 읽는 행사를 했다. 또한, 교내도서관에서 책갈피 만들기 행사 등을 하면서 독서의 중요성을 다시 생각해 보게 하는 시간도 있었다. 이런 작은 행사로도 모두 너무나 즐거워하는 것이 나는 참 좋았다. 나는 교장 선생님으로부터 행사 사진들을 잘 찍어서 행정실에 메일로 보내라는 임무를 받아서 나름대로 열심히 수행했다. 학교에서 주기적으로 학부모에게 발행하는 신문에 실을 사진이었다. 내가 학교에서 뭐만 하면 카메라를 들이대다 보니 어느 날부터 사진을 찍어 학교로 전송하는 일을 자연스럽게 하게 되었다.

[도서주간 행사]

식목일(Arbor Day)을 맞아 기후 변화 문제 주간(climate change challenge week)이 진행되었다. 다른 행사에서 하던 대로 관련 포스터, 연설 등이 한 주간 이루어졌는데 다른 점은 식목일 당일에 반별로 묘목을 심는 행사였다. 선생님들은 모두 초록색 옷을 입고 출근하라고 해서 나도 초록 옷을 빌려 입고 갔는데 모두 예쁘다고 해줘서 기뻤던 생각이 난다. 이렇게 무슨 날에 함께 옷 색깔 맞춰 입는 문화가 나는 너무 재밌게 느껴졌고 단합도 잘 되는 기분이 들게 했다. 한국에 돌아가면 학급 아이들과 매달 한 색깔을 정해서 사진 찍는 행사를 해봐도 좋겠다는 메모도 다이어리에 해두었다.

묘목을 심는 행사는 전교생을 운동장에 집합시킨 후 간단히 행사에 대한 연설이 이루어진 후에 각 반에 귀엽고 작은 묘목을 두 개씩 배분하며 진행되었다. 교내 곳곳에 미리 반별로 지정된 묘목 심을 자리가 있었고 담임선생님과 학급 학생들이 함께 이동하여 그 자리에 묘목을 심었다. 귀엽게 각반 푯말도 만들어 꽂는데 모두의 표정이 밝았다.

나는 "이 나무는 언제 커질까요?" 하고 선생님들께 물어봤는데 웃으면서 "30년쯤 지나면 커져 있을 거예요!"라고 농담 아닌 진지한 얼굴로 말씀하셔서 나 혼자 빵 터졌다. 30년은 너무 먼 것이 아닌가 하는 생각에. 나는 "그럼 그때쯤 다시 피지에 와서 이 나무를 확인해야

겠네요~~" 하고 이야기했고 아이들이 꼭 그러라고 30년 후에 보자고 너도나도 이야기했다.

우리가 30년 후에 만나면 서로를 알아볼 수 있을까? 한국에서도 이런 묘목심기 행사를 해본 적 있는데 할 때마다 직접 해보는 것은 참 좋은 교육 방법이라는 생각이 든다.

[식목일 행사]

Fiji day, teachers day, children's day. 이 세 날의 날짜가 다 하루 이틀 차이라서 학교에서는 그 중간 날을 잡아 세 날의 행사를 동시에 진행했다. 그동안 있던 행사들보다 훨씬 규모가 컸고 의미도 깊었는데 무엇보다 내가 행사에 직접 참여하여 선생님들과 공연을 함께 해서 더 잊지 못할 특별한 날이 된 것 같다.

'Fiji Day'는 우리나라의 광복절처럼 피지가 영국식민지에서 독립이 된 날로써 공휴일로 지정되어있다.

'teacher's Day'는 세계 어느 나라에나 있는 스승의 날로 학생들이 선생님께 꽃을 달아 드리고, 반별로 케이크를 준비하고 칠판에 감사 인사를 적거나 개인적으로 손편지를 전달하는 모습들이 한국과 비슷했다.

'children's day'는 어린이날이긴 한데 우리나라랑 다르게 청소년도 챙기는 날이었다. 선생님들은 자기 반 아이들을 위한 케이크와 캔디 등을 준비하여 아이들과 함께 시간을 보내며 축하해주었다. 한국에서는 스승의 날에 아이들이 교사를 축하해주는데 사실 낯간지럽다고 느끼곤 했었기 때문에 스승의 날과 학생의 날을 서로서로 기념하고 함께 챙기는 문화가 괜찮게 느껴졌다.

children's day를 맞아 선생님들도 학생들을 위한 공연을 준비해야한다며 나에게 드라마와 캐릭터 쇼 중에 고르라고 했다. 연기는 도

저히 안 될 거 같아 캐릭터 쇼를 하겠다고 했는데 선생님들이 너에게 딱 맞는 캐릭터가 있다며 찾아온 캐릭터는 바로 'The Frozen(겨울왕국)'의 주인공 엘사였다. 아무래도 피지, 인도인보다 하얀 피부 때문에 시킨 것 같았다. 나는 캐릭터 의상을 입고 혼자 걸으며 약간의 춤도 춰야 한다는 사실이 조금 부끄러웠지만, 너무나도 열심히 내 의상까지 준비해주시고 한 마음으로 함께 의견을 나누며 시간을 내서 연습하는 선생님들의 열정에 나도 진지해질 수밖에 없었다. 그러다 어느새 선생님들과 함께 웃으며 행사준비를 즐기고 있는 나를 발견 할 수 있었다.

 행사 당일 학교에서는 우선, Fiji Day를 맞아 국기를 게양한 뒤 전교생이 함께 국가를 부르고 묵념하는 시간을 가졌다. 그리고 나서 강당으로 옮겨 학생들이 Teachers Day를 축하하며 축하 공연(노래, 시 낭송, 이벤트 등)을 먼저 하고 나서 마지막으로 선생님들이 Children's Day를 축하하며 학생들을 위해 준비한 공연(드라마(연극)와 캐릭터 쇼)을 하는 순서로 진행되었다. 선생님들의 드라마가 진행되는 동안 캐릭터 쇼를 준비하기 위해 나는 교무실로 와서 의상을 갈아입고 머리도 엘사처럼 땋았다. 엘사 이외에도 5명의 선생님이 모아나, 발리우드 영화배우, 시저, 미스터 빈, 여장남자를 맡아 함께 무대를 준비했다. 각각의 캐릭터에 맞는 노래가 나오면 무대로 등장하여 패션쇼처럼 워킹하고 퇴장하면 되는 것이었다. 나름 합을 맞춰 가며 노래와 역할에 맞는 춤도 준비했었는데, 당일 아침 교장 선생님께서 우리 학교는 종교학교라 춤추는 것이 금지되어있으니 엉덩이를 흔들거나 하지는 말아 달라고 당부하셨다. 원래도 엉덩이 흔들기는 없었지만, 학교에 부담이 안 가도록 몸의 움직임은 빼고 손동작 위주로 바꿔야 했다. 그래도 아이들이 변신한 선생님들에게 열광적으로 호응해주어 나도 신이 났었다. 공연 후 선생님, 학생 할 거 없이 너도나도 다가와 같이 사진 찍어 달라고 해서 연예인이 된 듯이 사진도 많이 찍었다. 준비하는 과정에서 선생님들과 친해질 수 있었던 것이 좋았었기에 이 행사는 나의 기억에 크게 남는 한 페이지가 되었다.

[피지독립기념일, 스승의 날, 학생의 날 행사]

자연스럽게 학교에서 한국을 소개하게 되었다 >>>

피지 사람들은 정이 많아서 서로에게 관심이 많다. 학교에서 일을 하다 보니 선생님들과 학생들로부터 한국에 대한 질문을 많이 받게 되었고 자연스럽게 한국에 대해 설명하고 소개해주게 되었다.

선생님들이 가장 궁금해하는 것은 한국이 분단국가라는 점과 특히, 북한과의 전쟁 가능성에 대한 것이었다. 실제로 피지 언론에서도 한국은 안 나오는데 북한은 꽤 자주 등장한다. 다들 위험한 거 아니냐고 걱정을 많이 해주셨지만 사실 한국은 전쟁 가능성을 빼면 세계에서 손꼽는 안전한 나라라고 말해주었다. 우리는 밤에도 마트에 갈 수 있고 총기를 소지한 사람도 없다고 하면 다들 신기해했다.

학생들은 주로 한국말을 배우고 싶어 했고 내가 쓰는 한국 화장품도 궁금해했다. 아마도 이것은 한류의 영향이라고 생각된다. 최근 케이팝이나 최근 한국 드라마는 잘 알지 못 했지만, '강남스타일' 노래와 춤을 모르는 아이는 없었고, 드라마 '꽃보다 남자' 이민호의 인기도 대단했다.

한국 아이들은 어떻게 공부하는지를 궁금해하길래, 한국 아이들은 학교에서 수업을 마치고 바로 학원에 가서 또 공부하며 밤 10시, 11시까지도 계속 공부를 한다고 했더니 아이들이 경악을 금치 못했던 게 지금도 생생하다. 그러고 보면 우리 한국 학생들이 너무 안쓰럽기도 하다.

아이들이 한국말을 궁금해하길래 수업 중간에 잠도 깨울 겸 한마디씩 알려주곤 했는데, '사랑해요', '감사합니다', '안녕하세요' 정도는 아이들이 금방 익혔고 만나면 한국말로 인사해주는 학생들도 꽤 생겼다. 또 한번은 한 학생이 자신의 이름을 한국말로 써달라고 해서 써 주었더니 너도나도 써달라고 해서 내가 가르치는 모든 아이의 수학 공책에 영어로 써진 이름과 한국 이름이 함께 쓰여 있게 되었다. 자기 가족 이름들도 다 써달라고 공손하게 부탁하는 아이도 있었는데 가족 이름을 모두 써주었더니 집에 가서 자랑할 거라고 말하며 웃었다. 아이들 노트에 써놓고 보니 한국어가 모양이 동글동글한 것이 새삼 예뻐 보였다.

피지는 다인종 국가라 문화 결합(binding culture)을 위한 날이 학교 행사로 있었다. 아이들은 다양한 문화의 노래 공연과 연극을 준비했고 여러 나라의 전통 옷을 입는 패션쇼도 진행했다. 패션쇼를 담당한 학생이 한국의 전통 의상을 빌려줄 수 있겠냐고 요청해서 흔쾌히 한국에서 가져간 개량 한복을 빌려줬고, 패션쇼에서 인도의 사리, 피지의 술루참바, 마우이족 전통복 등과 우리 한복이 함께 어울리는 모습을 볼 수 있었다. 피지 여자아이가 우리 한복을 입으니 정말 귀여웠고 아이도 예쁜 옷이라고 좋아해 줘서 기분이 좋았다.

[문화의 날 행사]

예전부터 피지 선생님들께서 항상 음식을 나눠 먹곤 해서 나도 떠나기 전 꼭 한번은 한국 음식을 대접해 드려야지 하고 생각해왔었다. 그러다 학교 일정이 벌써 끝나가는 걸 깨닫고는 급히 호떡을 만들기로 했다. 처음에 한국 음식 후보에는 김밥, 떡볶이, 부침개 등이 있었는데 호떡이 만들기도 간편하고 인도의 로띠와 비슷해서 거부감 없이 좋아하시지 않을까 예상하여 결정했다.

매주 수요일 교직원회의(recess) 시간에 선생님들이 돌아가면서 간식을 준비하는데 나도 이 틈에 호떡을 껴서 드리기로 했다. 하루 전날 재료를 사서 미리 집에서 반죽해두고 발효시킨 후, 학교로 이 반죽과 속 재료, 프라이팬 등을 들고 갔다. 학교 가사실을 빌려서 가져온 요리도구와 재료들을 펼쳐 놓고 호떡 만들기를 시작하였다. 35개를 만들어야 했는데 혼자는 할 수 없을 것 같아서 같이 사는 윤재샘을 우리 학교로 하루만 초빙해왔다.

내가 속 재료를 넣은 반죽 덩이를 만들었고 윤재샘이 호떡을 굽는 역할을 했다. 더운 날씨에 불 앞에서 여러 개를 만들어야 해서 힘들기는 했지만, 다행히도 교직원 회의 시간에 늦지 않게 우리의 요리는 끝이 나서 회의 시간 시작 직전에 호떡을 하나씩 나누어 드릴 수 있었다.

선생님들 모두 처음에는 안에 검정 액체는 뭐냐고 이상해하며 먹어도 되는 거냐고 의심을 하셨는데 설탕이라고 말씀드리니 맛있게 드셨고, 나중에는 어떻게 만든 건지 요리법을 물어보기도 했다.

무엇보다 한국으로 떠나기 전에 고마운 분들께 한국 음식을 내 손으로 대접해 드릴 수 있어 나는 매우 뿌듯함을 느꼈다.

호떡이 뭐냐고 많이들 물어보셔서
　　　　"Korean street food in cold season.
　　　It's sort of doughnut or pancake in Korea."
라고 설명을 했던 기억도 난다.

[학교 가사실습실에서 호떡 만들기]

호떡을 만든 요리법을 남겨둔다.

★재료★
필수: 밀가루(self rising flour), 이스트, 소금, 흑설탕(갈색 설탕),
　　　 시나몬 파우더, 오일, 물
+ 선택: 옥수수 전분, 타피오카 전분(이건 쫄깃함을 위해 좀 넣음)

★만들기★
1. **반죽 만들기**: 밀가루 + 소금 한 자밤 + 따뜻한 물에 섞은 이스트 + 물
　　　　　　　 ⇨ 비닐로 덮어 숙성 1~2시간

2. **속 재료** : 설탕 + 시나몬 파우더 + 깨
　 (tip) 백설탕을 흑설탕에 조금 섞어주면 흐르는 호떡이 된다고 한다.

3. 팬에 기름을 두르고, 손에 기름칠을 좀 한 후 반죽 적당량 떼어 손으로
　 움푹 판 후, 속 재료를 넣고 만두 싸듯이 싸서 봉합 부분이 아래로 가게
　 기름 위에 잠시 올리고, 한번 뒤집은 후 눌러 주고 뒤집는다.
　 (tip) 뒤집은 후 눌러야 누르개에 반죽이 눌러 붙지 않는다.

4. 맛있게 구우면 끝!

주 피지대사관에서 주최한 제 3회 한국어 말하기 대회가 2017년 11월 10일에 있었다. 대사관 쪽에서 피지 파견 교사들에게 협조를 요청하였고 각 학교에 참가를 희망하는 학생이 있는지 홍보와 대회 참여를 독려해 달라고 하셨다. 피지에 와서 놀랐던 것이 이 멀고도 작은 나라에도 한류가 영향을 미치고 있다는 것이었다. 한국 드라마를 좋아하는 아이들이 많았고 그 덕분에 한국에 대해 좋은 인식을 가지고 있는 학생들도 많았다. 그 학생들 중 처음 만났을 때 또렷한 발음으로 "안녕하세요. 사랑해요."라고 인사했던 학생이 떠올라 그 학생을 찾아가 이런 대회가 있음을 알려 주었더니 무조건 참가하고 싶다고 했다. 그렇게 우리는 함께 준비를 시작하게 되었다.

평소 이민호 찐팬인 학생을 생각해 이민호가 나온 가장 최근 드라마인 '푸른 바다의 전설'을 골랐다. 영상 일부를 다운 받아 학생의 USB에 넣어주었고, 함께 들으며 발음 나는 대로 대본을 만들면서 연습을 시작했다.

처음엔 잘했는데 어느 날부터인가 만나서 연습하기로 한 날에 학생이 여러 번 약속을 어기고 나타나지 않았다. 이 때문에 학생 집으로 전화를 걸어 어머니와 자주 통화를 해야 했는데 "아프다", 할

머니 댁에 가야 한다" 등 다양한 변명으로 약속을 자꾸 미루어서 내 마음이 조금 힘들때도 있었다. 포기할까 싶었는데, 그래도 중간에 만나면 전보다 발전된 모습과 잘하고 싶은 열정을 보여 주어 연습을 이어나갔다.

대회 당일 우리 학교의 많은 선생님들께서 응원해주러 대회장으로 와 주셨고, 참가 학생(로세나)의 가족도 만나서 인사를 나누고 나니 대회가 실감 났다. 무대에 오르기 전 우리는 준비한 의상으로 갈아입고 순서가 호명될 때까지 복도에서 함께 계속 반복된 연습을 했다.

차례가 되어 떨리는 마음으로 무대에 올랐을 때, 로세나가 그 많은 대사를 하나도 틀리지 않고 자신 있는 목소리로 연기해내는데 정말 너무 너무 잘했다. 함께 연기를 하면서도 '우리 정말 잘 해내고 있구나' 하고 알 수 있었고 로세나가 대견했다.

시상식 전 채점을 위해 가진 10분 정도의 휴식 시간에 신문기자가 참가팀 중 우리에게만 인터뷰를 청해서 로세나와 로세나의 어머니 그리고 나 셋이 함께 급히 인터뷰를 했다. 지금 생각해 보니 우리가 1등 할 것을 기자가 예상하고 인터뷰 요청을 한 것 같다. 어머니께서 인터뷰에서

"아이가 밤마다 잠들기 전까지 대본을 외우다 잤어요. 한국드라마를 너무 좋아해서 그만 보라고 늘 구박했었는데 이제는 봐도 뭐라고

하지 말아야겠네요. 저는 우리 딸이 너무 자랑스러워요."
라고 하셔서 인터뷰 도중에 혼자 웃기도 했다. 로세나가 한국드라마
를 얼마나 많이 보는지 알기에.

　결국, 우리는 1등으로 금메달을 받게 되었다. 우리가 호명되는 순간
아이는 너무 감격하여 그 자리에서 무릎을 꿇고 신에게 기도를 올렸
다. 한 아이가 너무 행복해하고 그 아이의 가족도 너무 좋아하는 모
습을 보니 그동안 고생한 마음이 기억나지 않았다.

　우리의 1등 소식은 다음 날 피지 신문에 크게 나왔고 우리의 인터
뷰도 실렸다. 기쁜 마음으로 아이에게 주려고 신문을 하나 더 사서
학교에 갔는데 아이도 나를 주려고 신문을 하나 더 사 와서 둘이 마
주 보고 웃었다.

[신문자료 - 한국어말하기 대회 1등]

[한국어말하기 대회 수상 사진]

3) 울컥하기

학기 초, 눈물이 났다 >>>

부끄럽지만 그렇다. 학교에서 그것도 아이들 앞에서 울어버렸다.

'세상에!!!'

시작은 아무것도 아니었다. 아이들이 평소보다 소란스러웠고 수업에 집중하지 못했을 뿐이다.

금요일 6교시 마지막 시간이라 들떠있는 아이들이 이해가 가면서도 오늘따라 나는 평소보다 예민하게 여겼고, 소란스러운 분위기에 화가 났다. 지금 아이들을 휘어잡지 않으면 앞으로 한 학기 동안 계속 이런 분위기로 흐트러진 아이들을 보며 수업을 이어가야만 할 것 같았다. 끝나는 종이 울리고 나서 아이들이 들떠서 막 가방을 신나게 싸고 일어나려는데 내가 굳은 얼굴로 교실 문들을 다 닫아버렸다. 그리고 아이들에게 자리에 앉으라고 이야기했다. 처음에 아이들은 선생님이 얼마나 화가 났는지 그리고 이 상황이 어떤 상황인지 몰라서 집에 가지 못하게 하는 상황에 짜증이 난 얼굴로 왜 그러시냐고 했다. (착해서 아무도 나가진 않았다)

나는

"할 이야기가 있으니 모두 앉아라!

나도 집에 가고 싶은 건 마찬가지다."

라고 하면서 이야기를 시작했는데 그 순간 뭐가 뭔지 모르게 속에서 울컥하였다.

그러고는 알았다. 그동안 내가 속이 곪아 있었다는 것을. 부족한 언어를 보완하고자 잠을 줄여가며 열심히 준비했기에 수업을 잘 해내서 아이들에게 도움이 되고 싶었는데, 아이들은 생각보다 개성이 강하고 장난끼도 많았다. 그래도 지치지 않으려 마음을 다잡으며 한 번이라도 더 한명 한명 봐주고자 교실을 활보하며 다니는데 나의 말은 유창하지 못한 상황에서 아이들 통솔은 힘들었다. 나는 더 잘하고 싶은데 아이들은 말을 듣지 않아서 서운하고 속상했던 마음들이 겹쳐졌는지 참아온 마음 깊은 곳의 무언가가 툭- 하고 끊어져 버렸다. 그래서 눈물이 나왔다. 엉엉 울었다는 건 아니고 그냥 울컥 눈물이 눈에 고였다.

아이들은 분위기 파악에 빨랐다. 불평이 사라지고 갑자기 일사불란하게 자리에 정자세로 앉아서는 나를 걱정하는 눈빛을 보내며 당황스러워했다. 나도 내가 왜 이런지 모르겠는데 선생님이 왜 저러는지 알 턱이 없는 아이들에게 그래도 이 상황을 만든 이유에 관해 설명은 해야 하기에 흐트러진 정신을 부여잡고 나는 아이들 앞에서 이야기를 시작했다.

"선생님도 지금 왜 눈물이 나는지 정확히는 모르겠는데, 하고자 하는 말은 너희가 날 존중해주었으면 좋겠다는 것이다. 요즘 너희가 수업에 집중하지 못하기 때문에 선생님이 조금 슬프다. 나는 너희가 공부를 열심히 하게 하는 선생님이 되고 싶고, 너희의 미래에 도움이 되고 싶다. 나는 수업 준비도 열심히 한다. 이제부터라도 우리가 함께 좋은 추억을 만들어가는 수업을 했으면 좋겠다."

나의 말을 들은 아이들이 이야기해준다.
"저는 선생님 수업이 정말 좋아요.", "죄송해요. 열심히 할게요."

나는 몇 마디 들었다고 마음이 금세 다 풀려버려서 좋은 주말 보내라고 하고는 얼른 교실에서 나와 버렸다. 울컥했던 마음이 진정되지 않아 교무실로 바로 돌아가지 못하고 한참을 학교 구석에 숨어서 혼자 마음을 추슬렀다. 그러고 나니 헛웃음이 나왔다.
'나 뭐 하는 거지?'

그런데 다음 주 월요일, 아이들이 달라졌다. 이렇게까지 아이들이 변할 것을 의도한 것은 아니었는데 아이들이 수업에 엄청 집중하려고 노력했다. 선생님의 눈물은 선생님의 화보다 훨씬 효과적이라는 생각과 나에게 마음을 써주는 아이들 덕분에 피식 웃음이 났다.
'이렇게 귀여운 아이들인데... 그래! 더 잘 지내보자!
힘들어하지 말자! 난 지금 너무 즐거우니까!'

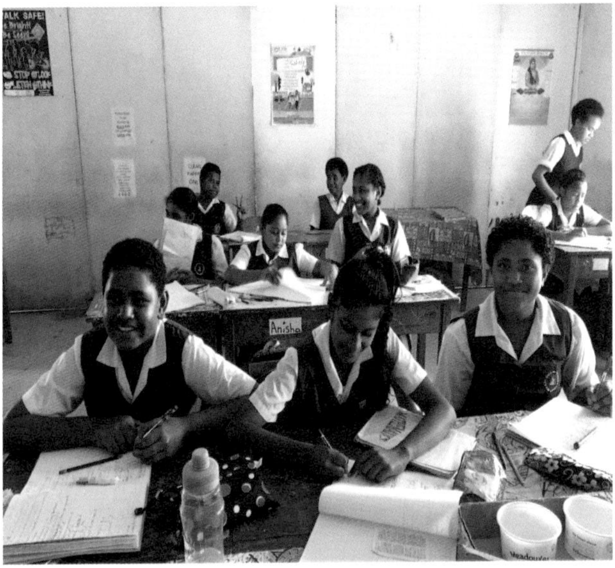

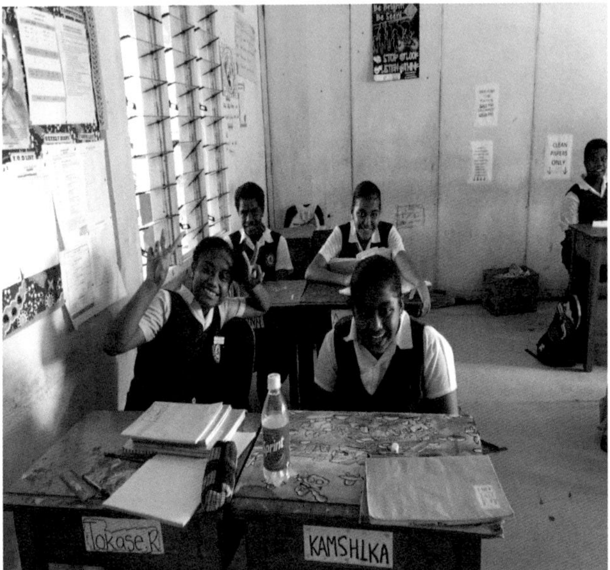

[얘네들입니다]

수업 중이었다. 내용설명을 먼저 한 후, 연습문제를 각자 노트에 풀어보라고 하고 교실을 한 바퀴 돌며 개별지도를 하고 있었다. 한 학생이 질문이 있다고 손을 들어 다가가서 뭐가 궁금한지 물어봤더니 진지하게 이렇게 물어봤다.

Q) 마담. 얼마나 여기 있어요?

A) (응? 수업 시간인데?) 응? 1년. 꽉 채워서.

Q) 그때가 되면 피지가 그리워지시겠네요. 그렇죠?

A) (응??) 어어, 그럴 거야 분명히. 근데 10달이나 남았는걸.

Q) 그렇군요. 그럼 이후엔 어디로 가세요?

A) 한국. 내 집.

Q) 그땐 저희가 그리워지시겠네요. 그렇죠?

A) (응???) 응. 그러겠지. 근데 10달이나 남았다니까?

Q) 다시 올 건가요? 여기? 아니면 돌아가면 영영 안 와요?

A) 오고 싶어. 올 거야. 다시.

Q) 그럼 우리 학교로 꼭 다시 와요! 나 보러 와줘요.

A) (울컥) 응, 그런데 일단 수업에 집중할까??

수업 중인데 개인적인 대화가 너무 길어지나 싶어서 급하게 마무리하고 다른 아이들을 돌아보는데 기분이 갑자기 이상해져 버렸다. 아이 앞에서는 아닌 척했지만 가슴 속에 무언가 뭉클하게 건드려져 버렸다. 내가 다시 피지로 돌아오게 돼서 여기 학교로 찾아 온다고 해도 자기가 여기 없을 거란걸 아이도 알면서도 이야기 한 것일까? 그래도 다시 꼭 만나고 싶은 마음을 나에게 들려주려고 그런 거라는 생각이 들었다.

지금도 저 학생과는 SNS를 통해 서로의 안부를 확인하고 있다. 하지만 아마도 학생은 저런 대화를 했던 것도 기억하지 못할 것이다. 다만 그 순간 서로가 서로를 그리워할 수도 있다는 생각을 한 것이 지금도 생각하면 내 가슴을 두근거리게 한다. 울컥한 순간 나는 어떤 감정이었을까? 그리고 정말 다시 피지에 갈 수 있을까?

[사진 속 맨 아래 학생과의 대화였다]

4) 불태우기 : 수학 수업은 이렇게 했다

　개발도상국으로의 교육지원을 목표로 피지로 와서 활동하는 1년 동안 나는 그래도 치열하게 연구하고 참 열심히 살았던 것 같다. 한국에서처럼 정신없이 바쁘게 일하는 것이 아니라 사람들과 함께 어울리면서 작은 도움이라도 되고, 조그마한 좋은 기억으로라도 남고자 노력했다.

　가장 큰 성과는 서로가 따뜻한 기억을 가지게 되었다는 점과 한국에 대한 좋은 인식을 주고 왔다는 점이라고 생각한다. 수학 수업 측면에서도 큰 변화는 아니나 올해 국가 고사에 합격한 인원이 작년과 재작년보다 많아졌다는 소식을 학교 측에서 들려주었고, 아이들이 내 수업을 좋아해 주었고 그리워한다는 피드백을 전해 들 수 있었다. 1년간 열정을 불태웠던 피지에서의 수학 수업을 나도 평생 기억할 수 있다면 좋겠다.

♪ 수학 수업에 다양한 시도 및 학년말고사 대비

수학 수업을 영어로 해야 하는 것이 처음에는 큰 부담이 되었다. 여러 동영상을 검색해 공부하며 미리 대본을 만들었고, 다양한 수학 교재를 학교 도서관에서 빌려 꼼꼼히 살펴보며 수업을 준비하였다. 말로 설명하는 것이 약하다고 판단하여 한눈에 들어오고 이해하기 쉽도록 판서하는 것을 중점적으로 준비했다. 동교과 교사의 판서 노트를 허락하에 빌려서 참고하여 매 수업 전 미리 나만의 판서 노트를 만들어서 수업했다. 또한, 판서로 내용 이해를 끝내고 나면 예제 및 다양한 문제 풀이를 통해 이해정도를 파악하는 것에 힘을 쏟았다. 한국에서 하던 방식대로 아이들이 나와서 풀어보게도 했고, 2주에 한 번씩은 노트를 걷어 필기한 내용 점검과 과제 수행 정도를 확인해서 피드백 해 주었다.

피지 학교의 수업은 연말에 있는 국가 고시(final Exam)를 대비하는 것에 초점이 맞추어져 있었다. 이 시험을 통과하지 못하면 유급이 되기 때문에 아이들도 꽤 열심히 수업을 들었다. 나는 9학년 수업(한국의 중 3 정도)을 전담으로 가르쳤기에 연말 국가 고시 통과 여부에 대한 책임감을 느꼈다. 그래서 나도 아이들이 국가 고시에서 좋은 결과를 얻는 것을 수업의 목표로 잡았다.

아이들의 수학 실력 향상을 위해 아이들의 태도가 흐트러지면 쪽

지 시험(short test)를 본 후, 오답노트(correction) 만들기와 추가
과제(additional practice)를 반복적으로 시켰다. 아이들은 쪽지
시험으로 자신의 실력을 점검하고 부족한 부분을 발견 할 수 있다.
아이들에게 부모님께 시험지에 싸인 받아오라고 공부에 대한 압박
을 하기도 했는데 한국에서처럼 피지 아이들도 부모님을 무서워해
서 귀여웠다. 그리고 확인해보면 필기는 열심히 하고 수업 태도는
너무 좋으나 막상 개인의 실력은 모자라는 아이가 꽤 많아서 중간
점검은 필수였다.

13 학년(예비 대학교 1 학년) 학생들의 수업은 2 시간 연속강의의
협동 수업 형태를 주로 했다. 아이들의 조를 4~5 인이 한팀으로
구성해 나누고 조별로 다른 주제의 문제를 뽑게 한 후, 서로 토론
해서 전지에 답을 작성해서 발표하게 하였다. 시간이 오래 걸리는
활동이었지만 생각보다 더 잘 해내는 아이들을 보며 놀라지 않을
수 없었고 활발한 질의응답과 협력하는 모습에 감동했다. 내용 복
습을 위해 단원별 마인드맵 만들기도 시도해보았고, 틀린 유형의
문제를 자신만의 문제로 만들어 내는 '문제만들기'를 숙제로 내주
기도 하는 등 다양한 방법으로 학습능력을 향상하고 수학을 좀 더
재밌게 느끼게 하고자 시도했다.

결론적으로 가장 효과가 좋았던 건 주어진 수업 시간 내에 최대한
많이 공부하게 하는 것이었다. 복습을 강조해도 아이마다 상황이
달라 학교 수업 중 핵심만큼은 꼭 숙지하고 가도록 준비해야 했다.

[13학년 조별 발표수업]

[문제만들기 유인물]

[단원정리-마인드맵]

[아이들의 마인드맵 결과물]

♪ 개인별 상담 및 피드백해주기

9학년 1반 수학 수업은 내가 전담이라 일주일에 네 번이나 만나다 보니 이 아이들에게 더 애정이 갔다. 9학년 아이들은 이제 막 초등학교를 마친 아이들이라 순수하고 귀여웠다. 1반 아이들은 예의가 바르고 성격이 밝았지만, 수학을 잘하지는 못했고 집안 형편도 어려운 아이들이 다수였다.

나는 아이들 한명 한명을 이해하고 싶어서 담임선생님의 허락을 먼저 받은 후 점심시간에 개별 상담을 했다. 수업 시간에 미리 준비한 상담지를 나눠 주고 집에서 작성해 오게 해서 걷었다. 이 상담지를 바탕으로 미리 무슨 대화를 할지 생각해두고서 약 5분에서 10분 정도만 이야기를 나누는 형태로 짧은 상담을 진행했다. 처음에는 아이들도 교과 선생님과 개별 상담이라는 것에 무슨 이야기를 하지 당황스러워했지만, 상담을 가장한 외국인 선생님의 관심과 사랑임을 알고는 기뻐해 주었다. 이 시간은 학생과 내가 서로를 이해하고 래포를 형성하는 데 큰 도움을 주었다. 학생들은 나에게 궁금한 점도 많았고, 자기 이야기를 하고 싶어하기도 했다. 수학 공부를 어떻게 하면 잘 할 수 있는지 물어보기도 하고, 본인이 잘하는 것에 대해 자랑하기도 했다. 이렇게 서로를 이해하는 것은 수업을 진행할 때에도 큰 도움이 되었다.

Let's talk for 5 minutes with miss Lee!

Please prepare this sheet for teacher.
Bring this paper before we meet.

• Please draw a picture about you.

• Please draw a picture about me.

•Question.
1. name : _____
2. Birthday(dd/mm/yy):_____
   age:____
3. introduce your family

_____
_____
_____
_____
_____

4. your dream(ambition)
_____
_____

5. how long does it take to study at home everyday?
_____

6. What's your hobby?
_____

7. If you have free time, what do you usually do?
_____
_____

8. your agony (worries)
_____
_____

♡ 9. What would you like to say something to me? Anything is ok. (It's like a letter for me)
_____
_____
_____
_____
_____
_____
_____

10. Let's take a picture together! ^^

• Thank you! •

•• I'm really happy to meet and teach you.
I want you to be happy person!
You can do anything, everything, if you try to be!! ALL THE BEST!!

[개별 상담지]

2학기(term 2)에는 온종일 학부모와 학생이 함께 교사와 상담하는 날이 있었다. 이날은 수업은 하지 않고 순서대로 담임교사와 상담 후, 본인들이 희망하는 과목 선생님을 찾아가 상담을 추가로 받아야 하며 과목 선생님의 코멘트와 사인을 받아서 담임교사에게 다시 제출해야 한다.

 나는 나에게 찾아오는 학부모와 학생이 있을 거라고 예상하지 못했는데 내가 수학 수업을 전담하고 있는 9학년 1반 학생들이 부모님 또는 조부모와 함께 찾아와 상담을 요청하여서 처음에는 꽤 놀랐다. 준비가 되어있지는 않았지만 한명 한명을 잘 알고 시험 결과도 분석해 두었기에 그래도 학부모님과의 상담이 가능했다. 아이의 부모님, 조부모님을 직접 만나 뵙고 나면 새삼 모두 사랑받는 소중한 아이들임을 다시 한번 깨닫고 더 책임감이 강해지게 된다. 각자 개성 있는 부모님들 덕에 생각보다 상담은 재밌었다. 최대한 작은 부분이라도 아이에 대해 칭찬을 해주려고 노력했더니 부모님 앞에서 당당해져서 기분 좋아하는 아이들의 모습도 볼 수 있었다.

[학부모 상담의 날]

🎼 수준별 수업 도입 (10, 12학년, 주 1회)

내가 근무했던 학교의 선생님들은 수업에 대한 열정이 대단했다. 과목마다 교과 협의회를 자주 하고 함께 수업을 개선해 나가고자 노력했다. 수학 과목 교과 협의에서 선생님들의 의견으로 2학기 (term 2)에는 10학년과 12학년의 수업 중 매주 한 차시를 학년별로 같은 시간에 수학으로 배치하게 시간표를 짜달라고 요청하고, 그 시간에 수준별 수업을 진행해 보게 되었다.

수준별 수업을 이곳에서는 'parallel class'라고 불렀다. 처음에 나는 왜 '수준별'의 영어 표현이 '평행'일까 이상하다고 생각했었는데 수업이 진행될수록 수준별로 비슷한 실력은 같은 라인에, 차이나는 실력은 다른 라인에 배치되는 것을 '평행'으로 바라볼 수도 있겠다 싶어서 꽤 수학적인 표현이라는 생각이 들었다.

수준별 수업은 한국에서는 오래전부터 적용해온 방식이고 사실 나는 이 방식에 부정적인 견해를 가진 교사였다. 그런데 이곳에의 수준별 수업은 한국과 좀 다른 방식으로 운영되었고 결과적으로 꽤 괜찮은 방법이라고 생각하게 되었다.

다른 방식이었던 부분은 수준별 수업이 복습만 하는 시간이라는 것이었다. 학생들을 1학기 성적을 기준으로 수준을 나누어 미리 준비한 수준별 문제지로 각자 또는 같이 공부하게 했다. 이때, 상반은 한 명의 교사가 소수의 아이를 집중지도를, 중반과 하반은 각 반에 두 명의 교사가 학생들을 담당했다. 학생들은 주어진 문제들을 자신이 할 수 있는 만큼 풀고, 채점을 받으며 질문이 있으면 자유롭게 질문하고 토론할 수 있었다. 이 한 시간 동안은 복습이 주목적이며 자신의 약점을 보완하고 이해를 높였다. 교사도 아이들의 현재 실력을 객관적으로 파악해 볼 수 있었다. 이는 본 수업의 집중도를 높이는데에도 도움을 주게 되었다.

수준별 수업의 결과는 상호 보완적이라 매우 효과적이었고 나는 기대 이상의 효과에 깜짝 놀라지 않을 수 없었다. 이런 방식은 한국에 돌아가서 시도해봐도 좋을 것 같았다. 이렇게 나는 도움을 주기보다는 배워가는 것이 더 많았던 것 같다.

[수준별 수업-상반의 모습]

♫ 스트링 아트(String Art) 수업

 국립국제교육원에서 제공하는 수업자료비로 무엇을 할까 고민을 하다가 수학의 규칙성을 배우고 직접 만드는 재미도 있는 스트링 아트 (String Art) 체험재료를 한국에서 사 왔다. 이 수업을 할 적절한 타이밍을 찾는데 워낙 학교 일정이 꽉 차 있고 시험대비가 중요한 학교라 시간을 잡기가 어려웠다. 그래도 너무 늦어지면 못 하고 돌아가야 할까 봐 멘토 티처와 상의한 끝에 3학기(term 3) 초반에 국가시험이 덜 중요한 9학년을 대상으로 진행하기로 했다.

 스트링 아트는 직선만을 이용하여 다양한 모양(곡선)을 만들어 내는 활동으로 스스로 규칙을 정하여 아름다운 패턴을 만들어 볼 수 있다. 이 활동에 담긴 수학적 요소로는 직선, 선분, 각도, 원주각, 대칭성, 접선, 미분 등으로 해당 수학 교과 단원과 함께 다룰 수도 있다.

 나는 3개 학급의 수학 시간 한 시간씩을 얻어 진행하였는데, 예상보다 아이들이 즐겁게 참여해주었다. 하나만 더 해볼 수는 없냐고 하는 아이들이 많았고, 주어진 규칙을 변형하여 다른 모양을 만들고 싶은데 어떻게 규칙을 변형하면 되는지 물어보는 아이들도 많았다. 자신의 작품을 완성한 후에 아이들이 각자 자기 가방이나 필통에 매달고는 예쁘다며 행복해하는 모습에 나도 덩달아 입가에 미소가 지어졌었다. 물론 활동을 지도하는 과정은 정신없고 힘들었지만 말이다.

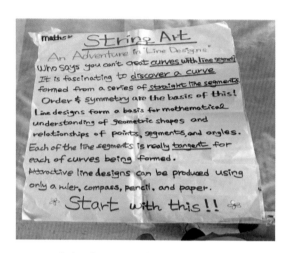

[내가 만든 스트링 아트 설명자료]

[아이들이 만든 스트링 아트 결과물과 단체 사진]

🎵 전국 수학 경시대회(TMC) 참가 인솔

TMC는 피지 전국 학교를 대상으로 하는 대규모 국가 수학 경시대회로 Team mathematics competition의 약자이다.

방식은 학교마다 학년당 4명씩 한팀으로 참가하고 100점을 기본 점수로 시작하여 한 문제씩 문제를 받으며 20문제를 풀어내는 것이다. 이때 5번의 기회 안에 정답을 맞히면 +5점, 기회를 다 쓰고 문제를 틀리거나 문제포기(pass)를 하면 -5점이 되며, 한 팀이라도 20번째 문제를 끝내게 되면 그 시점에서 합산으로 승팀을 가른다.

나도 10학년을 맡아 수학을 잘하는 4명의 아이와 함께 한 달 넘도록 쉬는 시간과 점심시간을 이용해 기출문제를 푸는 등의 연습을 하였다. 다가온 대회 전날 아이들에게 전달사항을 전하기 위해 빈 교실에 모였을 때, 내일 대회는 종일 걸리니까 점심을 꼭 싸오라고 했더니 아이들이 수줍게 웃으며 자기들은 점심은 안 먹어도 괜찮으니 걱정하지 말라는 말을 했다. 가난하거나 조부모와 살고 있어 점심을 제대로 못 챙기고 다니는 아이들이 많다는 걸 나는 떠올리게 되었고, 퇴근길에 빵집에서 크림빵을 30개를 샀다. 냉장고에 보관했다가 대회 당일 아침에 몽땅 배낭에 넣어 가져갔다. (우리 학교는 학년별로 4명씩 4개 학년 즉 16명의 학생과 인솔 교사 5명이 함께 대회에 참가했다) 대회 중간 점심시간에 다 같이 한쪽 계단에 모여 앉아 미리 사둔 크림빵을 하나씩 나누어 먹었는데 아이들이 행복한 얼굴로 감사하다고 하며 맛있게 먹어주었고 가슴 한 켠이 찌릿해지는 기분을 느꼈다.

우리 학교가 수상하지는 못했지만, 아이들은 경시대회를 준비하면서 수학이 더 좋아졌다고 말해주어 뭉클했다. 대회 이후 이 아이들이 수학 질문을 더 예리하게 하는 모습을 보며 대회 참여 자체만으로도 아이들이 발전하는 한 계기가 된다는 것을 알게 되었다.

[TMC 참가 모습과 점심 크림빵 사진]

🎼 피지 아이들과 수학 뮤직비디오 만들기

피지에 파견 오기 전부터 꼭 아이들과 영상 결과물을 하나는 만들고 돌아오겠다는 다짐을 했었는데 나름 바쁜 해외 생활로 시간이 빠르게 흘러버렸다. 이러다가는 한국으로 그냥 돌아갈 것 같아서 3학기 말에 급하게 마음을 먹고 수학 뮤직비디오를 만들었다.

만드는 과정은 다음과 같았다.

나에게는 가장 애정이 가는 9학년 아이들을 대상으로 정한 뒤, 9학년 수학 교과서에 나오는 기하 파트를 중심으로 제이슨 므라즈의 "I'm yours" 노래 가사를 "I'm maths's" 라는 제목의 노래로 개사 작업을 가장 먼저 했다.

그 후 가사에 맞춰 장면을 어떻게 구성할지 콘티를 짰고, 그에 맞춰 아이들과 함께 사진과 영상을 다양하게 촬영했다.

노래는 집에서 핸드폰으로는 MR을 틀고 노트북의 녹음기를 켜서 그 앞에서 직접 부르며 작업했다.(수십 번을 불러서 목이 쉬었었다)

마지막으로 무비메이커 프로그램을 이용하여 오랜 시간에 걸쳐 자막도 넣어가며 열심히 편집해 완성할 수 있었다.

아이들이 나중에라도 언제 어디서나 볼 수 있도록 교장 선생님께 허락을 받아 유튜브에도 올렸다.

지금도 그 결과물은 Youtube 검색창에 'Fiji math'라고만 검색하면 누구나 볼 수 있다. 아이들에게만이 아니라 나에게도 언제나 열어 볼 수 있는 큰 추억이 되어 아이들과 수학 뮤직비디오 만들기는 학교에서 내가 가장 잘한 일 중 하나라고 생각한다.

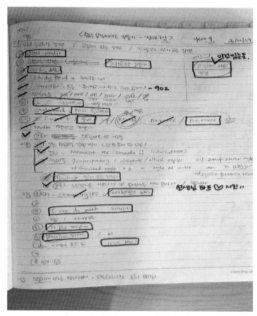

[뮤직비디오 콘티 짜기]

[유트브 동영상 첫 화면]

5) 작별하기 : 작별은 언제나 슬프구나

♪. 피지학교 선생님의 퇴임식(retirement ceremony)

가까운 자리에서 함께 근무해 온 한 피지 선생님의 정년퇴임식이
있었다. 항상 따뜻하게 대해주시고 좋은 말씀을 해주시던 분이라 작
별에 마음이 아쉬웠지만, 퇴임식은 학생과 교직원이 함께 퇴직하시
는 선생님의 새로운 인생을 응원해 주는 날이었다.

피지의 정년퇴직 나이는 만 55세였다. 피지 사람들의 평균수명이
짧은 편으로 알려져 있다지만 그래도 내 생각으로는 55세라는 나이
는 너무 젊다고 여겨진다. 실제로 퇴직하시는 선생님의 외모와 생각
은 여느 젊은 선생님들과 다르지 않기도 했었다.

한국과는 다르게 피지에서는 55번째 본인의 생일에 은퇴식이 있었
다. 학교에서는 'HAPPY BIRTHDAY'와 'HAPPY RETIREMENT'
를 동시에 축하하게 되어서인지 내 예상보다 훨씬 큰 행사가 진행
되었다. 아침부터 가사실습실에서 인도선생님들이 음식을 만들었고,
수학, 과학 선생님들은 제일 큰 교실을 꾸미는 등 선생님마다 역할

을 나눠 일사불란하게 움직였다. 그렇게 모든 선생님이 한마음 한 뜻으로 준비한 퇴임식은 점심시간에 맞춰 시작되었다. 영어 선생님 이 사회 속에서 교장, 교감 선생님을 비롯해 여러 선생님의 축사가 이어졌다. 행사 도중 눈물을 흘리는 선생님과 학생이 많아 나도 덩 달아 마음이 싱숭생숭해졌다. 어디에서든 자기의 일을 은퇴 일까지 꾸준히 해왔다는 것은 존경심을 불러오고 또한 설명하기 힘든 묵직 함을 전해주었다.

 나는 오늘도 이곳 피지에서 배워간다. 나는 어떤 선생님으로 살다가 어떤 모습으로 은퇴하게 될지 상상해보게 되었고 생각이 많아졌다.

 행사에 미리 준비된 축하 영상 속에는 여러 은퇴(retirement) 축 하 멘트가 있었지만 가장 기억에 남고 반응이 좋았던 것은

"Good Bye Tension, Hello Pension"

이다. 라임을 맞춰 쓴 문장인데 "잘가라 긴장감이여, 반가워 연금 아"라니 너무 공감가기도 하고 위트가 있어서 다들 함께 웃었다.

 그 후, 선생님께 은퇴 후 계획을 여쭈어보니 일단 고향(필리핀)으 로 돌아가 몇 달 지내면서 가족들과 시간을 보낸 후, 본인보다 먼 저 은퇴한 남편과 함께 세계여행을 다닐 거라고 하셨다. 너무 부러 운 은퇴 이후의 계획과 삶이다.

선생님, 은퇴를 진심으로 다시 한번 축하드리고 새로운 삶을 응원합니다! 감사했습니다.

[은퇴식 학급행사]

♪ 연말 졸업식과 시상식(Prize giving day)

Prize giving day는 피지의 학교 행사들 중 가장 큰 행사였다. 이날은 한 해를 마무리하면서 학생들과 부모님을 함께 모시고 개근상부터 시작해서 각종 과목별 우수상, 학년별로 전체평균이 높은 우수 학생 1, 2, 3등 시상, 1년간 고생한 임원들에게 주는 명예로운 prefect 시상, 외부대회에서 타온 각종 상 시상과 13학년 졸업증 수여 등을 하게 되었다. 학교에서는 미리부터 분주하게 이날을 위해 미리 식순과 자리 배치 등을 계획하여 철저히 준비했고 상장과 트로피도 순서에 맞게 정렬해 놓았다. 본 행사 전날 전교생과 리허설도 있었다. 나도 같이 준비하면서 문득 이 행사를 마지막으로 아이들을 볼 수 없다는 생각이 들어 마음이 일렁였다.

학교에서는 내가 9학년과 함께 만든 수학 뮤직비디오를 시상식 당일 상영하고 싶다고 하셔서 파일을 USB에 넣어 드렸다. 또한 한국어 말하기 대회에서 우리 학교 학생과 내가 1등 했던 신문 기사 자료를 학년말 학교 성과 PPT에 올리려 하니 제출해달라 하셔서 이것도 드렸다. 1년간 나도 학교에서 뭔가 역할을 했다고 느껴져 뿌듯했고 아이들과 함께한 추억을 학교 전체가 같이 공유하는 시간을 갖게 된 것이 기뻤다.

그렇게 준비된 행사 당일, 많은 아이가 나를 찾아와 함께 사진을 찍었고, 부둥켜안고 인사를 나누기도 하면서 기분이 먹먹해졌다. 나는 미리 준비한 선물들을 아이들에게 서둘러 나누어 주고 나서 곧 시작하는 시상식장으로 바쁘게 이동했다.

와주신 외부인사를 소개와 학교의 1년간의 일들의 브리핑 그리고 교장 선생님의 축사와 송사로 행사가 시작되었다. 상이 왜 이리 많은지 시상식은 내 예상보다 훨씬 길었다. 그래도 지루하지는 않았다. 아이들과 부모님들이 볼이 발그레해져서 스스로와 자녀를 자랑스러워하는 모습과 그 행복한 미소에 나도 덩달아 아이들의 새 출발이 기대되고 설레었다.

그러다 외부대회 시상 순서에서 한국어 말하기대회에 대한 시상이 있었다. 나는 미리 연습한 대로 로세나에게 상장과 메달을 건네주기 위해 단상으로 나갔는데 갑작스럽게 선생님들이 대회 당일 했던 연기를 보여 달라고 손뼉을 치며 요청하셨다. 당황했지만 로세나에게 기억나냐고 할 수 있겠느냐고 물었더니 망설임 없이 당연히 할 수 있다고 말했다. 여기 피지 아이들은 빼는 것이 없다. 그렇게 예정에 없던 연기를 시작했는데, 우리 둘 다 대회가 끝난 지 2주가 넘게 지났음에도 긴 대사를 완벽하게 기억하고 있었다. 로세나는 대회 때보다 더 자신감 있게 연기를 해냈다. 아무래도 친한 친구들과 가족들에게 자랑이 될 수 있어서 뿌듯해하는 것 같았다. 아이가 연기를 잘 끝내고는 해맑게 "선생님 감사합니다. 사랑해요."라고 한국말로 이야기해주어서 뭔가 뭉클함이 밀려왔다.

수학 뮤직비디오를 상영할 때에는 다들 학교 친구들과 선생님들이 출연해 나오는 게 재미있는지 까르륵 웃어주었다. 만들 때는 다소 힘들었지만 역시 영상을 남겨놓으니 좋다. 나도 피지가 그리워질 때마다 몇 번이고 되감아 볼 수 있다.

긴 시상식이 끝나고, 13학년 아이들 한명 한명 순서대로 나와 졸업장을 받았다. 아이들은 울기도 하고 웃기도 하며 졸업의 기쁨과 아쉬움을 동시에 보여주었다. 나도 가르쳤던 아이들이라 나도 더 정이 가서 함께 울컥하는 감정이 들었다. 피지에 와서 감수성이 풍부해져서는 평소 없던 눈물도 잘 나고 혼자 피식 잘 웃기도 하게 되었다.

이렇게 준비된 행사가 어찌어찌 무사히 끝났다. 행사가 끝나고 나서도 아이들과 사진을 찍느라 한동안 자리를 뜨지는 못 했지만 마지막이라 더 열심히 웃으며 나도 사진을 남겼다.

이렇게 나는 아이들과 작별을 하였다.

[연말 시상식과 졸업식]

🎼 선생님들과 학기 말 파티 및 작별 인사

학교 마지막 일주일간은 학생들은 나오지 않고 선생님들만 출근했다. 학교를 청소하고 두런두런 수다도 떨면서 학교에서의 일 년을 마무리하는 시간을 가지게 되었다. 그러다 진짜 마지막 날이 찾아왔다.

참 좋았던 기억만 떠올랐고 헤어짐이 슬펐다. 나 스스로 대견하기도 했고, 더 해보지 못한 것들에 아쉬움도 들었다. 이런저런 여러 감정이 한 번에 내 안에 일었다. 만나면 늘 웃으며 안부를 건네오던 따뜻했던 사람들, 음식을 나누어 먹고 서로의 고민을 나누던 시간. 그 속에서 일 년이 이렇게 지나가 버렸음을 이제야 실감했다.

마지막 파티에서 나를 나오라고 하는 교장 선생님과 교감 선생님 사이에 나를 앉히고는 행사가 시작되었다. 예상하지 못했는데 일 년을 마무리하는 교직원 회의와 함께 나의 송별회가 준비되어있었다.

> "너의 미소를 매일 봐서 좋았다."
> "너는 참 창의적인 여러 가지를 했다."
> "우리와 함께 1년을 보내주어 고맙다."

등의 이야기를 선생님들께서 해주시며 잘 지내라고 작별 인사도

해주셨다. 그 뒤 교장 선생님께서 나에게 일어나서 한마디 해보라고 하셔서 준비되지 못한 채 나는 마지막 인사를 하게 되었다. 정확히는 기억이 나지 않지만 이런 이야기를 했던 거 같다.

"고맙습니다. 저는 여러분을 만나서 행복했고, 그 시간은 저에게 좋은 경험이 되었습니다. 많이 그리울 거 같아요. 인도말 인사, 피지말 인사들과 학교 매점에서의 간식, 매주 수요일 간식시간에 먹던 음식들, 그리고 선생님들의 미소가요... 저는 여러분을 도와주기 위해 왔다고 생각했는데 그보다 제가 더 많이 배워갑니다. 피지교육부에서 피지 선생님들은 약간 게으르다고 하셨는데 우리 학교 선생님들은 달랐어요. 모두 일을 열심히 하시고 열정이 많으셨어요. 모쪼록 제가 여기에서 작은 도움이라도 되었기를 바라고, 1년간 좋은 추억을 많이 만들어 주셔서 정말 정말 감사합니다."

내가 이야기하는 도중 '게으르다'는 포인트에서 선생님들이 많이 웃으셨다. 아마 피지 사람의 성향을 선생님들도 잘 알기 때문일 것이다.

내가 이야기를 마치자 선생님들께서 나에게 다가와 피지 전통 목각 제품, 불라 천, 전통 노트와 보석 펜, 꽃모양 악세사리 등의 선물과 손편지도 참 많이 주셨다. 내 송별회가 끝나고 이어지는 교직원 회의에 나는 참석하지 않아도 된다고 하셨다. 가려고 선물과 짐을 챙기는데 선생님들이 한분 한분 다가오셔서 악수를 건네었다.

어떤 선생님과는 안아보고 인사를 나누다가, 멘토 티처와 안았는데 그만 참았던 눈물이 터져버렸다. 정말 아이처럼 엉엉 울었다. 위로 받으며 한 번 더 작별 인사를 하고 나서는 진정되지 않은 상태로 학교를 나왔다. 집에 오는 택시에서 집에 도착할 때까지 왜인지 계속 엉엉 울었다.

그렇게 나는 선생님들과도 정든 학교와도 작별하였다.

[학기 말 파티 및 송별회]

4부

해외 생활 속에서 행복하기

All good? All good!

석양이 예쁜 나라 피지로 파견 다녀온
한 수학 교사의 이야기

인도여행을 한 달 정도 했던 적이 있다. 인도는 치안이 좋지 않고 일 처리 방식도 우리나라와는 다르게 뭔가 확실하지가 않다. 어찌어찌 무사히 여행을 마치고 돌아오긴 했지만, 혹시 인도여행을 다녀오신 분이라면 내가 쓴 말의 '무사히'에서 느껴지는 의미를 읽으실 수 있을 것이다. 인도인들이 많이 하는 말은 "No problem"이었다. 걱정되거나 궁금한 게 있어서 물어보면 늘 "노 프러블럼~". 그때 이 말을 들으면 안심이 될 때도 있었지만, 주로는 믿음이 안 가고 영 불안했다. 피지에서도 이와 비슷한 말이 있었다. "All good." 정말 많이 쓴다.

"All good?" "All good!" 이렇게.

모든 것이 좋냐고 괜찮으냐고 물어보는 질문을 들으면 나는 그에 대해 어떤 대답을 하기가 처음에는 어색했다.

'뭐가 다 괜찮냐는 거지? 일이? 건강이? 기분이?'

모호하게 뭉뚱그려진 듯한 이 질문이 나는 왜 그리 어렵게 느껴졌을까. 피지의 문화 속에서 1년을 지내보면서 알게 되었다. 그저 서로에 대한 따뜻한 관심의 표현이었다는 것을......

 "All good?"
"All good. No worries."

1) 매일 볼 수 있었던 예쁜 일몰

피지는 세계적으로 일몰이 아름다운 나라로 유명하다. 비 오는 날을 제외하고, 피지 하늘은 해 질 무렵이 되면 황금빛, 핑크빛, 보랏빛으로 물들어 갔다. 나는 해가 지려고 하늘빛이 변하기 시작하면 가던 걸음을 멈추고는 주위를 둘러보았다. 그리고는 해가 지는 게 잘 보이는 곳으로 달려가거나 좀 더 높은 곳으로 올라가서 너무 예쁜 그 하늘을 숨을 죽이고 바라보곤 했었다. 지금 그 순간들이 너무나도 그립다.

수바에서 가장 좋은 호텔은 '그랜드 퍼시픽 호텔'이다. 새하얀 호텔이 아주 고급진데 유명한 일몰 명소이기도 하다. 어느 날 저녁 하늘이 심상치 않게 너무 예쁘게 변하길래 핑크빛 일몰을 보기 위해 급하게 택시를 잡아타고는 차로 5분 거리인 그랜드 퍼시픽 호텔로 향했다.

택시가 편하고 차가 좋길래 내리기 전에 택시비를 내면서 "It's a nice taxi!"라고 칭찬해줬더니 택시기사가 느끼하게 "How about me?"라고 했다. 인도 여행을 할 때, 인도 남자들이 건수만 있으면 "나랑 결혼할래? 나 돈 많아"를 아주 쉽게 이야기해서 진절머리 쳤던 기억이 겹쳐져서 혼자 피식 웃고는 "No thanks (찡긋)" 하고 내렸다. 실제로 택시기사가 인도인이기도 했지만 말이다.

어쨌든 그렇게 달려간 호텔에서의 커피 한잔과 짧은 일몰의 순간은 지금도 눈에 선명하게 그려진다.

피지 국내 여행을 할 때마다 드넓은 바다와 예쁜 하늘을 마음껏 볼 수 있는 것이 나는 단연코 제일 좋았다. 낮에는 에메랄드 물빛을 보며 힐링하고 저녁에는 아름다운 석양을 즐기며 밤에는 하늘에 가득한 별들과 가끔 떨어지던 별똥별에 소원을 빌곤 했었다. 바닷바람이 머리카락을 헝클이던 그 순간들이 지금도 너무나 그립다.

석양이 예쁜 나라 피지로 파견 다녀온 한 수학 교사의 이야기

2) 현지에서 유명한 건 찾아서 입자, 쓰자, 보자, 먹자!

해외로 오는 짐을 싸면서 한국에서 이것저것 많이 가져오긴 했지만, 외국인으로서 해외 생활을 후회 없이 해보기 위해서는 현지의 음식을 먹고 현지 옷을 입어보고 현지의 유명한 곳도 가보고 또 현지에서 좋다는 아이템은 사용해보는 것이 좋다.

피지에는 유명한 아이템이 몇 가지 있다.

가장 유명한 건 '피지워터'라는 이름의 생수이다. 사람의 손길이 전혀 닿지 않은 천연 암반수로 채워진 생수로 미네랄과 전해질이 풍부하고 맛도 좋다. 세계에서 손꼽는 좋은 물로 알려져 있기도 하다. 좋은 물을 먹으면 몸이 건강해진다니까 한국에서는 비싼 피지워터를 나는 정말 열심히 먹었고 실제로 물맛도 좋았다.

천연재료로 만들어진 여러 가지를 파는 브랜드인 '퓨어피지' 제품을 맘껏 써볼 수 있는 것도 행운이었다. 모든 제품이 다 향이 너무 좋고 좋은 물로 만들어져서인지 퓨어피지의 비누, 화장품, 바디워시, 슈가스크럽 등의 제품은 직접 사용해보면 피부에서 좋은 향이 나고 매끈해지는 기분이었다. 너무 좋아서 한국에 돌아갈 때 지인들 선물로 왕창 쟁여갔다.

또 한국에서 노니가 좋다고 언론에서 나오는 시점에 나는 마침 피지에 있었다. 피지 현지에서 생산한 노니 제품은 실제로 수출도 많이 되고 있고 유명하다. 나는 피지에 와있는 김에 노니주스, 노니비누, 노니영양제 등을 비교적 싼 가격에 직접 사용하기도 했고, 가족들에게도 선물했다. 증명할 순 없지만, 노니주스 원액을 꾸준히 아침에 소주 한 컵 분량씩을 먹었더니 내 몸이 좀 더 건강해진 느낌도 들었다. 우리 가족들도 피지로 놀러 왔을 때 노니 제품을 기념품으로 가장 많이 사 갔다.

피지 현지에서는 옷을 맞춤으로 제작해서 입는 경우가 많다. 나에게는 이게 꽤 재미있는 새로운 문화로 다가왔다. 학교에서는 행사가 있을 때마다 공동구매로 동일한 원단을 구매하고, 각자에게 배당해주었다. 이 원단을 장인에게 가져가 원하는 디자인으로 만들어달라고 하면 그 자리에서 내 몸에 줄자를 대어 치수를 잰다. 그러고는 일주일 이내에 내가 디자인한 나에게 꼭 맞는 옷을 받을 수 있었다. 학교 행사 당일 같은 패턴의 각자 다른 디자인의 옷을 입고 출근하는 동료 교사들은 서로의 옷을 보며 칭찬하고 사진을 찍기도 하는데 이런 과정들이 난 재밌었고, 동료들과 함께 라는 기분도 느낄 수 있었다.

학교의 행사가 아니어도 나는 여러 번 천을 파는 곳에 가서 맘에 드는 천(fabric)을 먼저 골라 구입하고는 옷을 만들어주는 장인에게 내가 종이에 나름대로 그린 디자인을 내밀고 이 원피스를 만들어 달라고 하기도 했다. 실제로 천값과 제작비를 합쳐도 이삼만 원 정도밖에 안 들어서 옷 한 벌을 자체 제작하는 데 큰 부담이 없었고 나만의 옷을 만들어 입는 다는 것이 특별하게 느껴져 좋았다.

피지에 와서 옷을 만들어 입어볼 거라면 한국에서처럼 무난한 색과 무늬를 고르기보다는 색감이 쨍하고 꽃무늬나 돌고래 무늬처럼 화려한 무늬를 골라서 제작해보시기를 권하고 싶다. 막상 만들고 나면 생각보다 그렇게 튀지도 않고 쨍하고 화려해야 사진으로 찍었을 때도 이쁘게 나온다. 한국에 돌아와서도 입을 일이 있을 줄 알고 다 챙겨오긴 했는데 사실 한국에서는 다시 입기 어렵다. 나중에 다시 휴양지에 놀러 갈 때 가져가면 잘 입을 수 있으려나?

누가 알아도 별로 부러워하진 않겠지만 해외 생활에서 작게나마 나를 행복하게 만들었던 건 해외 영화가 한국보다 일찍 개봉한다는 점이었다. 내가 살았던 수도 수바에는 영화관이 2개 있었다. '다모다씨티'와 '빌리지6'. 내가 피지에 있는 동안 스파이더맨, 캐러비안의 해적, 라라랜드, 다이어리 오브 윔피키드 등의 굵직한 영화가 한국보다 먼저 개봉해서 나는 한국 친구들보다 먼저 보고 자랑도 했었다.

빨리 개봉하는 거 외에도 인도인이 많이 사는 나라이다 보니 다양한 발리우드 영화를 접할 수 있는 점도 좋았다. 인도 영화는 갑자기 춤을 추고 노래를 부르기도 해서 호불호가 강한 장르인데 나는 '호'에 속하는 사람이다. 당갈, 시크릿 슈퍼스타, 라이언, 뮤나마이클, 자가&자수스 등 정말 많은 인도 영화를 볼 수 있었는데 음악, 배경, 화면의 색감 등이 너무 예쁘고 내용도 나에게 와닿는 부분들이 많아 혼자 많이 울기도 했다. 발리우드 영화를 보고나면 여운이 오래 남아 먹먹한 채로 며칠을 보내고는 했는데 그 시간도 난 참 좋았다. 한국에 돌아오니 인도 영화를 보기가 어려워서 아쉽다.

영화뿐만 아니라 피지는 물가가 한국보다 저렴하다. 좀 비싼 고급 레스토랑에 가도 큰 부담이 없어서 가끔 럭셔리한 브런치나 식사를 즐겼다. 공휴일이나 큰 행사가 있는 날은 한국처럼 쇼핑몰들에서 큰 할인을 해서 이때 평소 사고 싶던 브랜드의 액세서리, 향수 등을 비교적 싸게 샀다.

또한, 고급 스포츠로 알려진 테니스, 골프, 수영 등도 싸고 높은 퀄리티로 배울 수 있는 나라이니 피지에 온다면 하나라도 꼭 배워 가면 좋을 듯하다.

 어느 나라에 가든 그 나라가 가진 고유의 문화와 차별점이 있다. 이왕 살아볼 기회가 왔다면 부지런하게 하나하나 다 누려보고 소소한 기쁨을 누리는 것이 좋지 않을까.

3) 피지 국내 여행도 열정적으로!

피지는 세계적인 휴양지이기 때문에 예쁜 바다를 끼고 고급리조트부터 작은 리조트까지 엄청 많이 위치해 있다. 아무래도 현지인보다는 여행객을 대상으로 운영을 하고 있어서 피지라고 해도 숙박비가 저렴하지는 않았다. 그렇지만 현지에 산다는 것은 큰 장점이었다. 해외여행객을 대상으로 하는 가격과 로컬사람(현지사람)을 위한 할인가가 크게 차이가 났다. 나는 틴레터나 발급받은 피지 운전면허증으로 로컬인 이라는 신분을 보장했고 로컬 프라이스(현지가) 또는 프로모션 가격(할인가)으로 비교적 저렴하게 많은 리조트를 탐방해볼 수 있었다. 프로모션은 현지 신문에 광고로 나오기 때문에 일부러 신문을 가끔 들춰보았고 광고가 있으면 전화로 예약하고 메일로 컨펌을 받았다.

학교에 적응하고 수업에 익숙해지는 한 달 정도의 기간은 온전히 수업 준비에 몰두했었다. 학교 일정과 학교의 일이 익숙해지면서 퇴근 후의 시간을 어떻게 하면 후회 없이 잘 쓸지 고민했다. 평소 배우는 것을 좋아하고 여행 다니는 것을 좋아하니까 아름다운 나라 피지의 바다들을 열심히 헤엄쳐 보고 돌아가기로 마음먹었다. 마침 룸메이트 윤재샘과 마음이 잘 맞기도 했고, 친해진 코이카 인턴 상아씨와도 뜻이 잘 맞아서 함께 이것저것 배워봤고, 이곳저곳 새로운 곳을 많이도 다녔다. 혹시 피지에 갈 분들을 위해, 아니면 언젠가 피지를 가보고 싶은 분들을 위해서 나의 경험에 근거하여 너무 예뻤던 피지의 여러 곳들의 탐방을 기록해보려고 한다.

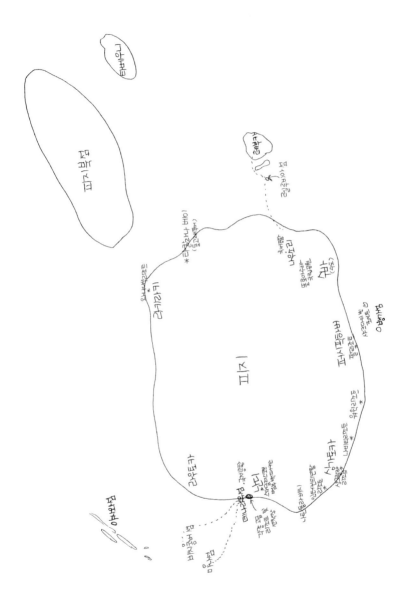

[내가 다닌 피지 여행지도]

첫 번째 탐방! 타베우니 섬 여행하기

피지에 와서 집을 정말 힘들게 구하고 학교생활을 준비하고 났는데도 개학 전 8일 정도 시간이 남았다. 마음 맞는 파견 교사끼리 본격적으로 학교가 시작하기 전에 피지 국내 여행을 다녀오기로 했다. 함께 계획을 세우다가 선택한 곳은 피지에서 세 번째로 큰 섬인 타베우니였다.

타베우니를 택한 이유는 3가지 정도가 있었다.

1. 날짜변경선이 위치하니 시간에 대한 의미를 생각해볼 수 있다.
2. 새해의 일출을 세상에서 가장 빨리 보는 사람이 되어보자.
   (마침 여행 기간에 1월1일이 껴있었다!)
3. 타베우니의 바다는 22가지 물빛을 가졌기로 유명한데,
   22가지 물빛을 다 찾아보겠다!

수바에서 타베우니로 가는 방법은 두 가지였다. 1안은 수바에서 배를 타고 한 번에 싸게 그렇지만 시간이 오래 걸려 가는 것. 2안은 수바에서 버스로 4시간이 걸려 난디까지 이동 후, 난디에서 비행기로 비싸지만 짧고 편하게 가는 것이었다. 우리는 갈 때는 1안을 택해 배를 타고, 돌아올 땐 2안을 택해 비행기를 타서 난디에 며칠 머물며 난디도 여행하기로 했다.

실제로 배를 타고 19시간이나 이동하는 것은 엄청난 체력과 정신력이 필요했다. 결론적으로 크루즈가 아닌 이상에야 다시는 배로 장거리 이동은 하지 않을 생각이다. 그래도 이동은 힘들었지만 도착한 타베우니에서의 여행은 너무 좋았다.

타베우니는 날짜변경선과 와이타빌라 워터슬라이드(계곡) 그리고 다이브포인트(레인보우리프)가 있어 세계적으로도 유명하다. 당연히 이 세 곳을 다 다녀왔다.

우선, '시간을 넘나드는 자'가 되겠다며 날짜변경선에 두 번이나 갔다 왔다. 12월 31일 낮에 가서 신나게 선을 넘나들며 사진을 찍고 왔는데 밤에 생각해보니 1월 1일에 가면 '하루를 넘나드는 자'가 아닌 '일 년을 넘나드는 자'가 될 수 있었다. 그래야 선 한쪽은 1월 1일, 다른 한쪽은 12월 31일이 되니까. 사실 막상 가보면 아무것도 없고 그냥 "international dateline"이라는 간판 하나뿐이지만, 전 세계에서 오직 네 곳에만 존재하는 날짜변경선이니 의미가 있다. 1월 1일 종일, 어딘가에선 "Happy new year!"를 외치고 있는 카운트다운의 순간일 거라는 생각에 시간의 신비함을 느낄 수 있었다.

[날짜변경선에서 점프! 시간 이동!]

와이타빌라 워터슬라이드는 자연이 만든 워터파크이다. 진짜 무섭지만 진짜 재밌는데 실제로 많이 위험하다 느꼈다. 계곡에 높은 곳부터 낮은 곳까지 이어진 바위들이 길을 형성해서 천연 미끄럼틀이 되어있는데, 바위에 살짝 낀 이끼 덕에 미끄러워서 슝슝 내려가진다. 바위라 잘못 엉덩방아를 찧으면 크게 다칠 수도 있고, 스스로 제어하지 않으면 속도가 너무 붙어서 위험하니 잘 조절해야 한다. 위험함에도 불구하고 사실 엄청 재밌었다. 다만 숙소로 와서 보니 온몸에 시퍼렇게 멍이 여기저기 들어있었다.

마지막으로 다이브~! 세계적으로 유명한 레인보우리프(Rainbow Reef)에 나도 운 좋게도 다녀올 수 있었다. 레인보우리프는 전 세계 다이버가 가보고 싶어 하는 다이빙 포인트로 다양한 산호들이 군을 이루고 있다. 특히 수심 15m에서 60m까지 거대한 흰 산호로 이루어진 절벽인 '그레이트 화이트 월(Great White Wall)'로 유명하다. 나도 정말 오랜만에 스쿠버다이빙을 다시 도전하는 거라 무섭긴 했지만, 우와... 거대하고 아름다운 바닷속 모습에 눈 호강 제대로 했다. 제일 신기했던 건 처음으로 상어를 눈앞에서 본 것이었고, 제일 감동했던 건 생각보다 거대한 하얀 산호초 벽 앞에 내가 마주 선 것이었다. 바다 한가운데에서 약 20m 아래로 내려가 끝이 보이지 않는 흰 벽을 마주했을 때 규모에 압도되어 공포감이 먼저 왔고, 익숙해질수록 아름다웠다. 자연 앞에서 인간은 한없이 작기만 한 존재였다.

그 모든 순간들이 너무 그립고 지금도 생생하다.

육지 투어, 스노클링, 스쿠버다이빙, 리조트 탐방

주말마다 시간과 체력이 되면 열심히 여기저기 피지 국내를 누비고 다녔다. 그래서 가족들이 내 방학에 맞춰 피지로 왔을 때 좋았던 곳을 골라 모시고 갈 수 있기도 했었다. 가족들도 나도 너무 행복하고 뿌듯했던 그 시간들은 함께 나와 다니며 추억을 쌓아준 윤재샘과 상아씨 덕분이기도 하다. 참 좋았었다. 함께한 모든 여행이. 아래는 혹시 피지를 방문할 이들을 위해 내가 직접 가보고 좋았던 곳들만을 짧게 짧게 간단히 소개만 하려고 한다.

육지 투어 >>>

잠자는 거인의 정원 + 삼베토 머드 온천풀

잠자는 거인의 정원(the garden of sleeping giant)은 잘 정돈된 밀림이라고 생각하면 되고, 삼베토 머드 온천풀은 말 그대로 천연 머드 온천이다. 보통 이 두 곳은 거의 패키지처럼 묶어서 같이 간다. 삼베토 모드 온천풀에 가면 수영복으로 갈아 입고 머드를 온몸에 바른 다음 마를 때까지 기다린 후, 머드풀에 들어간다. 끈적끈적한 진흙탕에 들어간다는 게 정확할 것 같다. 피부에 좋다 하니 계속 몸에도 얼굴에도 바르기는 했다. 옆에서 외국인 가족이 "It's so disgusting!"을 연발해서 같이 크게 웃었던 기억도 있다.

싱가토카 모래언덕

피지는 바다만 있다고 오해하는 분이 많은데, 육지도 볼거리가 많다. 싱가토카에는 바다를 끼고 사막처럼 모래언덕이 조성돼있어 가볼만한 곳이다. 1시간 코스와 2시간 코스가 있는데 둘다 크게 힘들지 않아서 색다른 경험을 즐겁게 할 수 있다. 나도 가족들이 여행 왔을 때 1시간 코스를 함께 돌았는데 다들 독특함에 좋아했다.

똘로이 수바(coloi suva) 트래킹

수바에는 국립공원 같은 '똘로이 수바'가 있다. 가보면 영화에 나오는 밀림 속을 실제로 걷고 있는 기분이 든다. 다이빙할 수 있는 호수도 있고 물놀이도 많이들 한다. 여기도 가족들을 데려갔었다.

로빈슨크루소 아일랜드 투어

가족 투어를 하고 싶다면 단연코 추천하고 싶은 섬 투어 중 하나이다. 물 색깔이 예쁜 바다가 있는 섬은 아니지만 피지 전통 마우이족의 공연(노래, 춤, 불 쇼 등)과 식사를 즐길 수 있고, 섬을 들어갈 때 배를 타고 강을 따라 들어가는 것이 꽤 운치가 있었다.

[똘로이 수바 국립공원]   [로빈슨크루소 섬 투어]

데나라우 포트 전동자전거 대여

데나라우포트는 고급 리조트들이 모여있는 인공섬이다. 여행을 온다면 무조건 들리는 곳이고 놀거리, 먹거리가 가득하다. 왠만한 섬투어는 거의 다 여기서 출발하고 기념품 쇼핑하기도 좋다. 이곳에서 빌린 전동자전거로 1시간이면 섬을 한 바퀴를 다 돌 수 있는데 정말 재밌었다!

렐루비아섬에서 레부카 섬 일일투어

렐루비아 섬은 여러 번 말해도 입이 아프지 않은 정말 예쁜 섬이다. 이 섬에서는 스노클링, 다이빙, 카약 등은 기본이고 다른 투어들도 프로그램으로 가지고 있었는데 윤재샘과 나는 그 중 레부카 섬 일일투어를 다녀왔다. 레부카 섬은 역사적으로 구 수도였고 피지 독립기념비가 자리하고 있다. 작고 예쁜 섬마을이어서 사진 찍을 포인트도 많고 사람들도 친절해 가길 잘했다고 생각한다.

스노클링 >>>

렐루비아 섬

렐루비아 섬은 내 기준으로 피지 여행 다녔던 많은 곳 중 BEST라고 말 할 수 있다. 난디가 아닌 수바에서 가까운 위치에 있으며 섬 안에 딱 하나의 리조트가 있는데 이 리조트 자체가 섬인 느낌이었다. 숙박과 세끼 식사, 여러 가지 액티비티가 포함된 올인클루시브로만 예약이 가능한테 이 점은 다른 것에 신경 쓰지 않고 온전히 섬을 즐기고 휴식을 취하는 데 적합했다. 섬 자체의 바다가 너무 예쁘고 형형색색의 물고기가 가득 있기때문에 스노클링은 꼭 해야 한다.

당연히 내가 사랑하는 여행지이므로 가족들도 함께 갔었는데 프라이빗한 섬 특유의 느낌을 제대로 느껴서인지 가장 기억에 남는 여행지였다고 이야기했다. 고급스러운 리조트는 아니었지만 피지 전통방식의 가옥에서 엄마, 아빠 그리고 동생네 식구까지 함께 한 방에 옹기종기 누워 폭우가 쏟아지는 밤을 보낸 것은 특히 인상적이었다. 집이 무너지는 것은 아닐까 걱정하며 아빠는 밤잠을 설치셨다고 했다. 그래도 다음날 맑게 갠 하늘에 더 예쁜 물빛도 보고 올 수 있었다. 5살인 조카도 얕은 물에서 모래 놀이도 하고, 자박자박 걸어 다니며 즐거운 시간을 보냈다.

[가족여행으로 간 렐루비아 섬 낚시투어]

♯ 비치콤버 크루즈 종일 투어(all day trip)

난디의 데나라우 포트에는 인근 섬을 여행하는 종일 투어(all day trip)와 반일 투어(half day trip) 상품이 많이 있다. 나는 그중 가성비가 좋고 물빛이 예쁘기로 유명한 비치콤버(beachcomber) 섬으로 종일 투어를 다녀왔다. 아침 간식을 준 후 배를 타고 바다 한가운데로 나가 스노클링을 한다. 이때 가이드가 물고기가 먹을 빵을 잔뜩 바다에 뿌려서 엄청 많은 형광 열대어와 가까이에서 수영할 수 있었다. 스노클링을 다녀와서 제공되는 점심 뷔페를 먹고 나머지 시간에 해변 수영 및 스노클링을 자유롭게 하고 다시 난디로 돌아오는 스케줄이다. 내가 갔을 땐, 오후에 갑자기 사이클론 경보가 울려서 섬에 있던 모든 사람이 섬 한가운데로 대피하기도 했었다. 이게 피지다.

[비치콤버 섬에서]

라키라키의 문리프(moon reef)에서 돌고래 투어 및 스노클링

항상 피지의 아래쪽만 여행하다가 위쪽에 돌고래를 잔뜩 볼 수 있는 곳이 있다고 해서 라키라키 지역에 있는 타칼라나베이 리조트에 다녀왔다. 문리프로 불리는 곳에 돌고래 떼가 항상 서식하고 있어서 작은 전동보트를 따라 점프하는 환상적인 돌고래 풍경을 바로 가까이에서 볼 수 있었다. 돌고래들이 작은 보트의 엔진이 만들어 내는 진동을 몸으로 느끼는 걸 좋아해서 졸졸 쫓아오는 거라고 했다. 실제로 본 돌고래 떼가 너무 귀여워서 소리를 질러댄 나머지 내 목이 쉬어버리기도 했다. 가만히 귀 기울여 들어보면 돌고래가 내는 노래소리도 들을 수 있어 신기했다. 돌고래 투어뿐 아니라 바다 한가운데에 뛰어들어 스노클링도 했는데 진짜 역대급으로 예쁜 물고기들과 아름다운 산호초 군락을 만나 볼 수 있어 행복했다.

[돌고래투어 및 스노쿨링 사진]

클라우드9 익사이터

클라우드9 익사이터는 섬이 아닌 바다 한가운데 세워 둔 요트에서 노는 데이투어이다. 데나라우 포트에서 보트를 타고 바다 어딘가로 가서 멋진 흰 요트로 옮겨 탄 후, 1인 1화덕피자와 제공되는 맥주를 마시면서 놀고, 원하면 수영하며 스노클링도 다이빙도 할 수 있다. 물고기가 많지는 않지만 물 색깔이 예뻐서 수영하고 놀기 좋으며, 나는 여기서 거북이를 보는 행운도 얻을 수 있었다. 거북이 진짜 보고 싶었는데 피지에서 떠나기 직전에 볼 수 있어 행운이었다. 요트 2층에서 동행인 윤재샘과 상아씨 성화에 무서움을 무릅쓰고 점프 다이빙도 했다. 아... 그립다 그리워.

이외에도

마나 아일랜드로 1박 2일 놀러 가 샌드뱅크(모래가 쌓여있는 무인도)로 스노클링투어 했던 것도 좋았다. 또한, 세계에서 가장 예쁜 3대 바다에 뽑히는 나탄돌라 비치로 가서 한 스노클링과 인생 처음 해본 서핑도 아름다운 옥색 물빛 덕에 너무 행복했다.

내가 가보지 못한 수많은 스노클링 포인트들이 피지에는 엄청 많다. 사실 어느 섬인지 어느 투어인지 하는 것은 크게 중요하지 않은 것 같다. 피지의 모든 바다가 각자 다른 매력을 가지고 있기 때문이다.

여러 바닷속과 바다 밖을 온전히 바라보는 경험을 통해 나의 심장은 두근거렸고 마음의 공백은 채워졌다.

[클라우드 나인 바다 물빛]   [마나아일랜드 일몰]

스쿠버다이빙 〉〉〉

♯ 샤크 다이빙 (퍼시픽하버 아쿠아트랙)

인생에서 가장 기억에 남는 장면을 하나 꼽아보라 한다면 내 머리에 떠오를 내 인생의 한 컷은 바로 샤크 다이빙이다. 말 그대로 상어를 보는 스쿠버다이빙인데 상어가 한두 마리가 아니라 떼로 있다. 실제로 상어가 가까이 있어도 가이드가 미리 안전수칙을 잘 설명해주었고 항상 동행하기 때문에 위험하진 않았다. 다만 바다 속 한 공간에 상어 떼와 있게 되면 이게 현실인지 꿈인지 분간이 어려울 뿐. 푸른 바닷속에서 상어에 둘러싸여 있던 기분과 온몸의 감각이 지금도 생생하게 떠오른다. 단연코 나는 그때 행복했다.

[샤크다이빙 사진]

(tip) 샤크다이빙은 퍼시픽하버 뿐 아니라 뱅가 아일랜드에서도 가능하고 이 두 곳에서 볼 수 있는 상어의 종류도 다르다. 사실 뱅가 아이랜드가 타이거샤크를 볼 수 있다고 해서 더 가고 싶었는데 나는 일정이 맞지 않았었다. 상어 종류를 따진다면 알아보고 고르시길!

＃ 어디에서 스쿠버 다이빙하던지 피지의 바다는 예쁘지 않은 곳이 없었다. 사실 다이빙은 날씨가 정말 중요하다. 시야 확보가 잘되고 파도가 덜 쳐야 체력을 보존하면서 예쁜 바닷속을 흠뻑 느끼고 올 수 있다. 피지에서 다이빙을 하면서 나이 많으신 노인분들이 함께 하는 경우가 많았다. 그때마다 그분들의 정신력과 체력 그리고 열정에 감탄했고 존경심을 느꼈다.
내가 저 나이가 되었을 때 과연 다이빙을 할 수 있을까? 예측해보자면 나는 못 할 것 같다. 젊은 지금도 점점 두렵고 체력적으로도 힘에 부친다고 느끼기 때문이다. 그래도 건강관리는 꾸준히 해서 저분들처럼 건강하고 활력있는 노인으로 나이 들어가야지 하는 생각을 해본다.

이미 타베우니 여행에서 언급했던 레인보우리프의 'the great white wall', 난디에서 배를 타고 들어간 마나 아일랜드에서 '세븐 시스타즈' 다이브포인트, 라키라키 지역의 와나나부리조트에서 한 스쿠버다이빙 그리고 샤크다이빙까지. 나는 가능한 시간과 기회가 있으면 망설이지 않고 다 실행했다. 이제 내 삶에서 다이빙을 더는 안 해도 후회 없다고 나 스스로는 말 할 수 있을 것 같다.

[라키라키 지역의 와나나부리조트에서]

피지의 수도인 수바에는 리조트가 없고 바다가 그다지 예쁘지가
않다. 마치 우리나라의 서해 같다고나 할까? 그래서 나는 주말마다
당일 또는 1박 2일로 다른 지역의 리조트들을 참 많이 다녔다.

수바에서 가장 먼 난디는 버스로 4시간 걸렸고, 가까운 편인 퍼시
픽 하버는 버스로 1시간이면 간다. 이렇게 피지는 작은 섬나라
여기저기를 여행하는 것이 크게 부담되지 않았다.

당일로 리조트에 방문객으로 놀러 가면 내부 식당에서 피자나 음
료 등을 시켜 먹으면 실내수영장과 그 앞의 바다를 누리고 올 수
있었다. 큰돈 드리지 않고도 행복하게 시간을 보내고 올 수 있었
다. 또한 프로모션이 뜨면 1박 2일로 고급리조트도 다녀왔다. 한국
에서라면 꿈도 못 꿔볼 고급리조트에서 리조트 산책과 뷔페 식사
등의 호사를 누리며 밤하늘의 별과 일출을 챙겨 보았다. 지금 생각
해도 참 행복했고 잘했다는 생각이 든다. 내가 언제 다시 그런 호
사를 누릴 수 있을까.

내가 가본 곳은 퍼시픽 하버의 '펄 리조트', 싱가토카의 '워윅 리
조트'와 '나비티 리조트', '인터컨티넨탈 리조트'와 몇 개의 작은
리조트들. 그리고 난디의 '스머글러스코브 호스텔'과 '뱀부 백패커
스' 및 데나라우 포트의 각종 고급 리조트('힐튼', '웨스틴', '소피

텔', '쉐라톤') 등 이다. 정말 1년간 후회가 남지 않도록 열심히 다녔다. 덕분에 1년 동안 돈은 하나도 모으지 못했지만, 전혀 후회하지 않는다. 나에게 다시 없을 1년이라고 생각해서 참으로 열심히 다니며 움직였고 매 순간 최선을 다했다. 그 모든 순간이 너무나 감사했고 행복했다.

[싱가토카의 워워리조트에서 가족 스노쿨링]

🎼 에필로그 : 꿈꿔보기

 치안이 좋지 않아 해가 지면 돌아다닐 수 없어 불편한 점도 있었지만, 무엇보다도 물 깨끗하고 공기가 맑으며 사람들이 순수한 나라에 1년을 살다 보니 나도 덩달아 맑아진 느낌이다. 같은 피지 내의 학교들마다도 문화가 다르고 각자가 가진 경험이 달라 피지 파견에 대한 나의 이야기는 개인적인 생각과 의견임을 밝혀두고 싶다. 해외 생활에 대한 경험은 똑같은 일을 겪어도 모두가 다르므로 책을 쓰면서 조심스러웠다.

 피지에서의 1년을 나는 잊지 못할 거 같다. 기회가 되면 해외로 또 나갈 계획을 계속 세워볼 예정이다. 석양이 예쁜 나라, 사람들의 미소가 예쁜 나라 피지, 그 속에 있어서 참으로 행복했다. 한동안 한국에 돌아와서 피지에 있는 꿈을 많이 꿨다. 또 지금도 메신저로 피지에서 서로 안부를 계속 묻고 있다 보니 아직도 피지에 있는 기분이 가끔 든다.

나의 소중한 경험이 누군가에게 공감과 작은 도움이 된다면 참 좋겠다. 나는 또 해외로 나갈 준비를 틈틈이 해서 기회가 주어질 때 새로 꾸린 가족과 함께 생활하러 나가 볼 행복한 계획을 세우는 중이다. 해외 생활이나 파견을 꿈꾸는 모든 사람들에게 함께 꿈꾸자고 이야기하고 싶다. 자꾸 생각하고 준비하는 자에게 기회가 찾아오는 법이니까!

다음 시는 내가 한국에 돌아와 피지를 생각하며 쓴 시이다. 피지에 대한 나의 마음이 조금은 엿보이기를 바라본다. 우리들의 앞으로 다가올 핑크빛 미래를 상상하고 꿈꿔본다.

쉼

이민정

가만히 누워 창문을 바라본다
바람에 흔들리는 마음 위로
눈 부신 햇살이 내린다
새소리와 나뭇잎 소리에 기대
큰 숨을 내쉬어 본다

푸른 바다 아래로 내려가 본다
아무 소리도 들리지 않고
햇빛을 머금은 물빛이 몸을 감싼다
알록달록 산호초와 귀여운 물고기가
괜찮다고 이야기해준다

구름이 핑크빛이다
바다는 반짝거리며 태양을 기다린다
노을 속에서 춤을 추는 돌고래
장단을 맞추는 파도 소리에
나는 미소를 짓는다

Vinaka vakalevu!(고맙습니다)